AMAROK

Bernard Clavel

LE ROYAUME DU NORD

AMAROK

ROMAN

Albin Michel

IL A ÉTÉ TIRÉ DE CET OUVRAGE
SOIXANTE EXEMPLAIRES SUR VÉLIN CUVE PUR FIL DE RIVES
DONT CINQUANTE NUMÉROTÉS DE 1 À 50
ET DIX, HORS COMMERCE,
NUMÉROTÉS DE I À X

© Éditions Albin Michel, S.A., 1987
22, rue Huyghens, 75014 Paris
ISBN 2-226-02717-3 (volume broché)
ISBN 2-226-02863-3 (volume relié)

A ma femme, Josette Pratte.

C'est à toi, mon grand amour, que je dédie ce roman. A toi qui m'as offert mon Royaume du Nord. En souvenir de Saint-Télesphore et de Caniapiscau, en souvenir du chien des Laurentides et du spectacle fascinant des glaces charriées par le Saint-Laurent. En souvenir aussi du vieux couple de l'Auberge des Braves et d'une tombe enfouie sous les neiges de Québec.

B. C.

« Le Christ est avec les bêtes
avant d'être avec nous. »

DOSTOÏEVSKI.

Première partie

L'ILE DES MORTS

Première partie

L'ÎLE DES MORTS

1

Amarok est couché, la tête sur ses pattes, le flanc contre les grosses planches de la porte que sa fourrure huileuse a polies. Ses oreilles remuent. Il flaire à petits coups et se dresse. Au fond de sa gorge, s'étouffe un grognement sourd. Il a reconnu le pas en même temps qu'il identifiait l'odeur. Le lourd panache de sa queue en cerceau se balance tandis qu'il s'écarte du seuil.

— C'est moi, Amarok, c'est moi.

Le chien flaire et lèche la main qui repousse sa tête. Son œil clair accroche des lueurs dans cette nuit épaisse.

Le bas de la porte frotte sur les nœuds saillants du plancher inégal. Raoul Herman s'est déjà soulevé sur un coude. Le grognement à peine perceptible de son chien l'a tiré de son sommeil. A soixante et un ans, le trappeur a toujours l'oreille aussi fine. Même au soir d'un dimanche abondamment arrosé, il dort à la manière des bêtes sauvages : tous les sens en éveil.

— Qu'est-ce que c'est ?

L'ampoule s'éclaire. Elle pend toute nue au bout d'un fil qu'un lacet de botte noué à un piton tire au ras du bois lustré de crasse. Stéphane Robillard referme à demi la porte derrière lui.

— Faut venir. Timax a des histoires.

— Des histoires ?
— Mauvaises.

Curieux, Amarok passe la tête par l'entrebâillement de la porte. Son regard de lumière interroge. Se raclant la gorge, Raoul demande :

— Quelle heure ?
— Pas encore minuit.
— Bon Dieu, je venais juste de m'endormir.

Stéphane avance d'un pas dans l'allée étroite qui sépare la couchette de sapin d'un établi où un rat ne trouverait pas la place pour poser une noix. Barré d'une fine moustache blonde, le visage de Stéphane est tendu. Son œil inquiet sous ses sourcils froncés lance des regards vers la porte. Amarok s'est assis, le museau à la limite du seuil qu'il n'a pas le droit de franchir.

Comme Raoul s'étire et hésite, Stéphane reprend :

— Dépêche-toi. C'est pas le moment de traîner.
— Bordel ! Jamais tranquille !

Le trappeur rejette sa couverture en peaux de lièvre. Il se lève. Grogne. Un demi-pas le colle contre l'établi. Parmi le fouillis d'outillage, de pièges, de boîtes de toutes sortes et de corbeilles : une bassine émaillée. Il prend un broc et verse de l'eau dans ce récipient où il plonge son visage. Il se redresse et s'ébroue. De ses longues mains noueuses, il presse sa barbe grise comme il ferait d'une grosse éponge.

— Qu'est-ce qu'il a fait ?
— Une bagarre chez Clarmont.
— Je le croyais chez Rougeraud.
— Il en venait. Avec le frère à Gisèle.
— Et alors ?
— Y s'est battu avec le grand sergent de la Police Militaire. Paraît qu'il l'a salement amoché...

Stéphane hésite un instant, puis, comme s'il redoutait d'être entendu, à voix plus basse, il ajoute :
— On se demande s'il l'a pas tué.
— Nom de Dieu !
Un silence palpable les enveloppe, que martèle sourdement la queue d'Amarok contre le chambranle.
— Où il est ?
— Sûrement à l'infirmerie.
Presque en colère, Raoul lance :
— Je te parle de Timax !
— Foutu le camp.
La poitrine du trappeur se gonfle pour un profond soupir. L'eau a ruisselé et des gouttes dorées tremblent dans ses poils blancs tout frisés. Il ne porte qu'une espèce de caleçon allant jusqu'au-dessous des genoux. Le tissu tendu moule ses cuisses dures. Se tournant vers sa couchette, il se penche pour chercher ses vêtements. Sur son large dos, les muscles roulent. La clarté de la lampe y trace un instant un sillon pareil au reflet mouvant de la lune sur un lac remué de houle. Il enfile un épais tricot de laine sans forme ni couleur précises. Il passe un pantalon de gros velours lustré aux genoux et sur les cuisses, chausse des galoches.

Déjà Stéphane est sorti. Le froid humide de la nuit entre et se mêle à la tiédeur chargée d'odeurs fauves. Raoul éteint, repousse son chien du genou et ferme la porte.
— Reste là, Amarok. Assis !
Amarok s'assied sur le seuil et Raoul tapote son crâne avant de rejoindre Stéphane.

Les deux hommes traversent un jardin en suivant l'allée qui tire droit sur des fenêtres éclairées. En une vingtaine d'enjambées, ils atteignent l'espace où les Robillard entassent tout ce que rejette le Magasin Général. Piles de caisses vides, bouteilles, bidons de toutes sortes et quel-

ques tonneaux. Des ombres passent derrière les vitres et Raoul s'arrête pour demander :
— Qui c'est qui vous a prévenus ?
— Gustave Clarmont.
— Il est encore là ?
— Je pense, oui.

Stéphane ouvre la porte. Dans la cuisine, Catherine est debout, très droite, bras croisés, visage tendu. A deux pas, le fils Clarmont dont la face ronde et cramoisie luit sous la lampe. Au fond, appuyé à la barre de cuivre de la cuisinière : Alban Robillard. Tous les regards se portent aussitôt vers Raoul. Ces trois-là semblent vraiment attendre qu'il balaie d'un geste leur inquiétude. Catherine annonce :

— J'ai réveillé Louise. Je l'ai envoyée chercher Justine. Elles vont pas tarder.

— Pauvre Justine, se lamente Alban, elle aura eu son compte de misère...

Sa femme l'interrompt durement :

— Ça fait trois fois que tu le dis en cinq minutes. On finira par le savoir !

Alban se tait, hochant la tête, sa casquette à la visière cassée est vissée de travers sur son crâne. Sa main droite est posée sur sa canne, la gauche tient un mégot éteint qu'elle porte presque à ses lèvres avant de s'arrêter en suspens. Raoul s'est tout de suite approché du gros Clarmont. A dix-huit ans, le fils du cafetier a encore un visage de poupon. Sur son nez retroussé, les lunettes ont l'air d'être à quelqu'un d'autre. Ses yeux noirs clignotent derrière les verres épais.

— Alors ? lance Raoul.

Les yeux du garçon s'allument. Avalant dans sa hâte la moitié des mots, mimant avec lourdeur, il raconte :

— C'est le sergent qui a cherché. Tout le monde peut le

dire. Pas mal saoul. Il avait déjà insulté d'autres gens. Y s'en prend à Paul Rougeraud : « Toi t'as l'âge. On t'a inscrit. Tu vas partir, puis je te dis que tu vas en baver. »

— Enfin, quoi, Timax a fini par cogner sur le sergent, fait Catherine, agacée d'entendre à nouveau ce récit.

Un instant déconcerté, le fils Clarmont hésite. Comme le trappeur l'interroge du regard, il reprend :

— Le sergent a voulu empoigner le Paul. Timax lui dit : « Le touche pas, c'est le frère de ma promise. » Du coup, le sergent se tourne vers lui. Alors là, vous auriez vu ça. Il a beau faire deux têtes de plus que Timax, mon vieux...

La porte s'ouvre. A bout de souffle, son visage lourd tout ruisselant, Justine Landry entre, suivie de Louise Robillard dont le manteau grenat laisse dépasser une chemise de nuit rose.

— Seigneur ! Moi qui le croyais chez sa Gisèle...

Catherine s'avance. D'une voix presque dure, elle ordonne :

— Calmez-vous, Justine. C'est pas le moment de se lamenter.

— Qu'est-ce qu'ils lui ont fait ?

— Rien du tout. C'est lui qui a assommé le sergent des M.P.

— Sûr, qu'il l'a sonné, intervient Gustave. Je le savais costaud, Timax, mais comme ça, j'aurais pas cru !

Une brève lueur d'admiration passe dans les yeux de Justine qui souffle :

— Pour être solide, il est solide...

— Il l'a eu au menton. L'autre est parti à la renverse. On a entendu sa tête cogner le bord d'une table.

Il y a un silence. Comme si chacun cherchait à percevoir le bruit de ce crâne. Puis c'est Catherine qui intervient :

— En tout cas, Clarmont n'a pas perdu son sang-froid, il a vite donné à Max de quoi dormir et manger. Il lui a dit d'aller se cacher dans les bois, le plus loin possible.

— Mon Dieu, soupire Justine.

Raoul s'adresse au fils Clarmont :

— Tu sais où il a foutu le camp ?

— Je lui ai demandé. Y m'a dit : « Je vais où je dois aller. »

— C'est tout ?

— Ben, j'ai insisté. Y m'a dit : « Vaut mieux que tu saches pas. Y pourraient te faire parler. Ma mère saura bien. »

Justine s'avance. En même temps que Raoul, elle demande :

— Il a dit : « Ma mère saura bien » ?

— Oui. Il l'a dit. J'en suis sûr.

— Alors, c'est...

Catherine intervient très vite :

— C'est bien, Gustave. Tu es gentil. Faut vite rentrer chez toi. Tes parents se feraient du souci.

Son regard a imposé silence aux autres. Elle sourit au gros garçon qu'elle pousse vers la porte. Il sort. On entend décroître son pas. Catherine referme et revient lentement vers le centre de la pièce en fixant Justine.

— C'est assez clair pour tous ceux qui le connaissent. Mais vous allez le dire devant ce garçon qui est aussi bête que gentil.

Sans attendre de réponse, elle se tourne vers son mari et sa fille qui sont côte à côte devant la cuisinière :

— Vous deux, vous pouvez remonter vous coucher. C'est pas la peine qu'on soit tous là. Demain, c'est pas dimanche.

Alban a un geste de la main et une moue qui semblent dire : « C'est bon. Si je suis de trop... » Il fourre son mégot éteint dans la poche de sa veste et se dirige vers l'escalier. L'air furieux, Louise le suit. Le bois des marches grince, puis les pas sur le plafond. Justine tire une chaise et s'y laisse tomber. Les coudes sur la table et le front dans les mains, elle se met à pleurer en murmurant :

— Y peut pas être ailleurs... Y peut pas...

Raoul s'approche. Il lui pose la main sur la nuque. La grosse femme se lève. S'accrochant au bras du trappeur, elle essaie de sourire et grimace en sanglotant :

— Tu vas y aller, Raoul. Tu vas me le sauver, mon petit gars. J'ai eu trop de malheur.

Catherine intervient, d'une voix qui s'efforce d'être douce :

— Taisez-vous, Justine. Raoul va s'en occuper. Mais faut pas trembler comme ça. Si vous voulez tenir tête aux policiers quand ils viendront vous interroger, faut pas pleurer. Le chagrin, ça noie la volonté.

La grosse se raidit. Son visage livide où les larmes continuent de rouler se crispe. Ses lèvres épaisses se pincent pour interdire le passage aux sanglots qui soulèvent sa poitrine. Sa voix s'efforce de refouler la peur :

— Pourront me tuer, y sauront rien de moi. Rien ! Je vous jure.

Calmement, Stéphane annonce :

— J'y vais aussi.

Justine dont le visage s'est encore éclairé n'a pas loisir d'articuler un remerciement.

— Toi, tu restes ici !

Catherine Robillard a tranché net. Comme son fils s'apprête à répondre, elle le devance pour ajouter :

— Que Raoul soit en forêt, ça n'étonnera personne. Si tu disparais, c'est autre chose.

— Mais...

— Est-ce que tu as envie qu'ils viennent interroger ta femme pour savoir où tu es ?

— Ta mère a raison, dit Raoul. Et puis, faut quelqu'un ici pour nous joindre en cas d'urgence. Y a que toi. On peut pas mettre d'autres gens dans le coup.

— C'est vrai, soupire Justine, c'est pas la peine de mettre tout le monde dans l'embarras.

Changeant soudain de ton, comme si elle venait d'être fouettée par quelque chose qui lui donne envie de se battre, elle dit :

— Faut lui porter un sac de couchage. Puis de quoi s'habiller. Je vais vite aller chercher...

— Il y a ce qu'il faut au magasin, dit Catherine.

Raoul se dirige vers la porte.

— Je vais préparer mes affaires.

Stéphane le suit :

— Je vais t'aider.

Ils sortent, font quatre pas jusqu'à dépasser l'espace qu'éclairent la fenêtre et la porte vitrée.

Ils s'arrêtent un instant. Le trappeur scrute la nuit : obscurité épaisse ; vent faible ; pas une étoile. Des nuées se devinent. Elles vont leur chemin lentement, chargées d'eau qu'elles peuvent porter ainsi très longtemps.

— Bon temps, observe Raoul. Je vois pas quel M.P. serait capable de le retrouver dans cette noirceur.

Sa voix trahit un soupçon d'inquiétude, mais déjà se devine une espèce de joie sourde. Toutes les vapeurs de la bière et du gin se sont évaporées dès qu'il a décidé de partir. Son instinct de bête de nuit est parfaitement éveillé. Il se sent à son aise dans son corps fait de nerfs et de muscles tendus sur une charpente inusable.

Les deux hommes traversent le jardin où l'odeur forte de la terre monte comme une brume invisible.

L'île des Morts

Devant la porte du campe de Raoul, Amarok est debout. Immobile mais frémissant. Il a compris qu'une course imprévue se prépare, il attend, humant les senteurs de la nuit.

2

Amarok va devant, le nez au ras du sol durant une trentaine de foulées, puis il s'arrête. Sa grosse tête pivote lentement, ses oreilles pointent dans l'épaisseur du poil. Un coup d'œil en arrière : il repart. A l'angle d'une rue : nouvelle station. Là, il attend. Raoul et Steph le rejoignent. Ils portent chacun un gros sac. En plus, le trappeur a son fusil à la bretelle et une musette. Le chien fixe son maître qui fait un tout petit geste de la main :

— Va !

Amarok s'engage sur sa gauche dans une rue bordée de quelques baraques dont une seule a une fenêtre éclairée. Au premier carrefour, il s'arrête de nouveau et attend ; dès qu'il voit se lever la main droite de Raoul, il part et descend sans se retourner jusqu'à la Première Avenue. Là, frôlant de l'épaule les planches d'une bâtisse, il pointe sa truffe noire juste à l'angle, flaire à petits coups puis avance la tête jusqu'à ce que son regard puisse découvrir la rue. Même dans la pénombre, son œil bleu limpide reste clair. Des lueurs très fugitives s'y allument parfois. Il se recule. Il y a un attroupement plus loin. La porte du bar grande ouverte laisse couler une lumière rouge dont l'éclat se reflète sur trois automobiles arrêtées en face. Raoul s'immobilise à hauteur de son chien, avance la tête et constate :

— On a eu raison de faire un détour.

Toujours allant devant avec les mêmes précautions, Amarok a gagné la rive de l'Harricana. Une fois là, il ne s'est même pas retourné avant de la longer en direction du ponton où sont les canots. A la saison sans glace, si les hommes viennent avec lui jusqu'au bord du fleuve, c'est pour embarquer. Il file droit au ponton, regarde tout autour, respire la nuit aux parfums d'eau et de poisson et s'assied devant le canot de Raoul.

Les deux hommes arrivent. Le trappeur examine les embarcations alignées et constate :

— Il a pris le canot de Clarmont.

— C'est bien ce que je pensais.

— Le tien est en état ?

— Bien sûr.

— Au cas où t'aurais à nous joindre...

Il se tait et réfléchit un instant.

— Si tu voyais le moindre risque par la rivière, monte à pied par le bois. Tu vas sur la rive, près des grands peupliers. Tu lances le signal, je t'envoie Amarok. Oublie pas son collier, tu mets un papier dans une bouteille, puis tu l'attaches assez court.

Entendant son nom, Amarok s'est dressé ; sa queue s'est mise à battre.

Les deux hommes portent l'embarcation à l'eau. Amarok va tout de suite s'asseoir aux trois quarts avant. En dépit de ses cinquante kilos, c'est à peine s'il fait osciller le canoë d'écorce. Le trappeur embarque à son tour, couche son fusil devant lui, cale les sacs et la musette à la poupe. Avant de pousser au large, il recommande à son neveu penché vers lui :

— En rentrant, passe chez Rougeraud. Tu dis pas où il

est, mais ça rassurera Gisèle de me savoir avec lui... Va pas traîner près du bar.

— En tout cas, souffle Steph, essaie pas de rattraper Timax. Il a dû foncer comme un maudit.

— J'ai tout mon temps. T'inquiète pas.

Le canot file en silence dans cette obscurité où seule une chouette saurait trouver sa route. Il remonte le fleuve à longues tirées régulières. Amarok distingue à peine le détail des rives, mais son flair est bien mieux que le plus perçant des regards. Son oreille aussi. Le friselis de l'eau contre la proue et les flancs du bateau ne l'empêche pas de percevoir le moindre frisson de feuillage, le moindre floc à la surface. Il sait si le bruit est dû au vent, à un animal ou à un homme. Il a appris que seule la présence des humains doit être signalée. Et il peut le faire sans ouvrir la gueule, d'un roulement de la gorge dont le son ne dépasserait pas la pointe du canot.

Raoul se tient au milieu du fleuve. Par nuit noire, c'est le parti le plus sage. Son oreille exercée lui indique la position des rives. Il ne cherche pas à utiliser les contre-courants comme il le ferait de jour ou par nuit claire. Il pagaie sans effort et sans aucun bruit. Il sourit en pensant à la puissance de Timax qui tout aussi bien que lui connaît le fleuve et sait se diriger à l'aveuglette. Le trappeur éprouve davantage de fierté que d'angoisse. Tout ce que Timax sait de la forêt, c'est lui qui le lui a enseigné. Ce que Catherine lui a interdit d'apprendre à Steph, il l'a offert à cet orphelin. L'affection qu'ils éprouvent l'un pour l'autre vient de la forêt. Des longues courses à deux. Du commerce des peaux avec les Indiens et les Eskimos... Des randonnées en traîneau avec les chiens.

A cause de Timax, il y a huit ans, Raoul avait même remonté un attelage, dressé des bêtes. Et puis, l'an dernier, le garçon s'est fiancé avec Gisèle. Trop vieux pour continuer seul, Raoul a laissé ses chiens à un ami. Il n'a gardé que le meilleur. Une bête croisée qui a la puissance du malamute et la vitesse du husky, mais qui a du sang de loup dans les veines. Amarok : le loup.

Depuis qu'il fréquente, Timax passe bien plus de temps à l'atelier de cordonnerie que dans la forêt. Catherine triomphe. Alban sourit. Quant à la grosse Justine qui n'a plus au monde que son fils, elle l'admire trop pour le critiquer. Au contraire, elle prend sa défense en toutes circonstances.

De temps en temps, Raoul s'arrête. Le canot file sur son élan. Le trappeur laisse sa respiration se calmer. Il tourne la tête à droite ou à gauche pour que le vent de la course chante moins fort à ses oreilles. Il devine la forme trapue d'Amarok qui continue de flairer à petits coups. Chaque bruit leur donne une indication précise sur la nature des rives et annonce les courbes du fleuve. Le chien se soulève légèrement. Le premier, il a perçu vers l'amont le bavardage de quelques poules d'eau. Dérangées par le passage de Timax, elles n'ont pas encore repris leur somme. Raoul n'est jamais surpris par aucun bruit. Rien ne le fait sursauter. Ni le plongeon d'un rat, ni le clapotement d'une loutre qui sort un instant sur la rive pour disparaître aussitôt. Quelques grands nocturnes en chasse passent au ras de sa tête en froissant le velours de la nuit.

Il s'est arrêté à plusieurs reprises dans des petites anses où l'eau est immobile. D'une pression du poignet, il imprime à sa pagaie des mouvements à peine sensibles qui suffisent à maintenir le canot en place. Un jeu de rien du tout qu'il faut avoir dans le sang depuis toujours pour le pratiquer sans aucun heurt.

Il y a plusieurs années que Raoul n'a pas remonté l'Harricana par une nuit aussi dense, mais il se sent exactement comme s'il pratiquait une besogne quotidienne. Rien n'est sorti de sa mémoire. De cette souvenance des nerfs et des muscles qui font corps avec le fleuve.

Après deux bonnes heures, il aborde à une petite plage de terre douce où les mousses viennent jusqu'à lécher le flot.

— *Go !*

Le chien saute et Raoul le suit sur le sol spongieux. Ses bottes enfoncent. Dès qu'il a tiré le nez du canot hors de l'eau, il pisse. Puis il monte entre les broussailles sans rien brusquer. Il se coule à la manière d'un reptile. Il fixe les environs. Une très vague lueur se devine, pas assez prononcée pour découper vraiment la silhouette des arbres. Au froissement des feuillages, il a tout de suite reconnu des bouleaux sur sa gauche, à quelques pas de la berge. En amont, des trembles chantent en sourdine.

Raoul redescend, s'assied sur une racine qui émerge du sol affouillé par les crues. Il tire sa pipe et sa blague en vessie de caribou. Il bourre méticuleusement le tabac et allume à tâtons, les paupières closes, pour éviter de déshabituer ses yeux de l'obscurité. Il fume doucement, puis il sort de sa poche une petite bouteille de gin. Il boit une gorgée. Le feu de l'alcool sur la saveur du tabac fait partie des bonheurs qu'il a toujours tenus pour avant-goûts du paradis. Sa pipe terminée, il la vide sans bruit et va boire quelques gorgées de l'eau bien fraîche de la rivière. Comme s'il avait attendu ce signal, Amarok vient s'abreuver à deux pas de lui. Raoul souffle :

— T'es pas gêné, toi !

Le jour est encore enfoui derrière la forêt lorsque le canot atteint le lac Ouanaka. Une clarté verdâtre annonçant l'aube monte des eaux où s'étirent de longues filasses de brume. Raoul pourrait piquer droit sur l'île, mais il a eu le temps de réfléchir. Il préfère attendre. S'assurer que personne ne rôde dans les parages, que nul n'a deviné la pensée de Timax. Il a vingt fois repassé dans sa tête la liste des gens du pays qui connaissent l'histoire de la mine noyée, aucun ne lui semble capable de parler aux M.P. Mais la guerre et les menaces de conscription n'ont pas été sans provoquer quelques remous. La trappe, la vie partagée avec les Indiens ont enseigné à Raoul la prudence du castor. Ne jamais faire au grand jour ce qui peut être accompli la nuit ; c'est une loi.

Il est venu, comme souvent, pour pêcher, et nul ne saurait s'étonner de le trouver là. Sans approcher de l'île, il va fouiller les rives en tendant quelques fils. Il a toute la journée pour inspecter le terrain. S'il voyait arriver un bateau avec des gens de la police à bord, si ce bateau s'approchait de l'île, il ne sait pas ce qu'il ferait. Il ne sait pas, mais son regard se pose sur sa Winchester 30-30 à huit coups couchée dans le fond du canot, à portée de sa main.

— Viendront peut-être sur le lac, mais pas sur l'île. Certain !

Il a murmuré cette phrase comme pour se persuader. Pour qu'ils viennent, il faudrait que des habitants de Saint-Georges aient parlé. Ce n'est pas concevable. Tous ceux qui sont vraiment d'ici ont travaillé ensemble à faire le pays. Les autres sont des aventuriers venus prendre une part du gâteau déjà sorti du four. Mais ceux-là ne savent rien de ce qui peut avoir poussé Timax à se réfugier là.

3

La journée s'est écoulée sans remous sous le moutonnement lent du ciel en marche vers le nord-est. A plusieurs reprises ces nuées qui sentent l'automne ont lâché quelques gouttes fraîches.

— Juste une pisse d'oiseau, dit Raoul à son chien qui lève le nez pour scruter le ciel.

Amarok tourne la tête vers lui et l'interroge de son regard si clair qu'on le croirait ouvert sur un feu couleur de jade.

Raoul a accompli deux tours complets du lac. Dix fois au moins il a pris terre pour monter sur des bosses et observer les alentours. Amarok en a profité pour pousser de petites reconnaissances dans les fourrés où il a levé des oiseaux. Aucune présence ne saurait échapper à son flair.

Le trappeur a également surveillé l'île. Il est très satisfait de Timax dont rien ne laisse soupçonner la présence. A tel point que Raoul s'est surpris à se demander s'ils ne s'étaient pas trompés en interprétant son message.

Non, Maxime est bien là. Quatre fois au moins Raoul a senti qu'on l'observait. Et ce ne peut être personne d'autre. Mais rien ne lui fera précipiter le mouvement. Il s'est promis d'attendre la nuit pour aborder à l'île, il attendra. Tous les dieux du lac et de la forêt pourraient bien lui crier qu'il ne court aucun risque, il ne changerait pas son programme d'une minute. Il a une vingtaine de gros dorés dans son canot. Il n'est pas homme à prendre du poisson pour le laisser pourrir, mais il continue de faire semblant. Quand le jour est vraiment à son terme, il enroule son fil et se dirige vers le fleuve, exactement comme s'il voulait reprendre le chemin de Saint-Georges. Il va arriver à l'endroit où le courant commence à tirer le canot vers l'aval quand un grand-duc lance son hou modulé et cinq fois répété. Le chien flaire en direction de l'île. Sa queue remue.

— Tu l'as reconnu aussi, ce gros malin. Il avait peur qu'on s'en aille!

La nuit est là. Seul le souvenir gris du jour court encore par moments sur les frissons du lac. Le canot décrit une large courbe devant l'embouchure du fleuve. Toujours en silence, il pique vers la masse noire de l'île qui se confond déjà avec le reflet de la rive opposée.

Raoul scrute les buissons et les arbres. Un bruit de branches froissées le guide. La poigne solide de Timax vient d'arrêter le canot et le fait pivoter sur sa proue. Déjà Amarok est sur la rive, lèche rapidement la main du garçon et commence son inspection.

— T'allais quand même pas foutre le camp?

Raoul se met à rire.

Le garçon a l'air furieux :

— Qu'est-ce que t'as foutu à tourner toute la journée? Je me demandais ce qui se passait. J'osais pas me montrer.

— T'as bien fait.

En parlant, ils ont sorti le fusil, la pagaie et les sacs. Ils tirent le bateau puis le portent à vingt pas de la rive pour le coucher sous des broussailles, au bout de celui avec lequel Timax est monté. Ils se devinent beaucoup plus

qu'ils ne se voient. Le garçon empoigne le bras du trappeur et demande :
— Il est pas mort, tout de même ?
— Je sais pas...
D'une voix qui tremble un peu, déjà sur la défensive, Timax affirme :
— Je voulais juste...
Raoul l'interrompt :
— Je sais ce qui s'est passé. Seulement c'est pas à moi qu'il faudra le faire admettre, c'est aux juges. Ça risque d'être moins facile.
— Pour un coup de poing, tu parles, les juges...
— Je suis pas venu pour t'écouter plaider. Je suis venu pour...
Raoul a failli dire : pour toi, pour t'aider. Il se reprend :
— Je suis venu pour ta mère. La pauvre, tu la feras virer folle, avec tout ça !
— Et Gisèle, elle sait où on est ?
— Steph est passé lui dire que je suis venu te rejoindre.
— Sans dire où ?
— Personne n'a à le savoir. Que ta mère et Steph.
Timax soupire.
Ils ont repris le chargement et s'éloignent de la rive.
— Où t'es installé ?
— Sous des épinettes.
— C'était pas la peine d'aller si loin, tu pouvais aussi bien roupiller sous ton canot. Qu'est-ce que tu te figures, que des types seraient assez bornés pour trouver le canot et pas chercher plus loin ?
Le garçon va de son pas pesant. Amarok a filé devant et s'éloigne parfois de la piste, à droite ou à gauche, pour fureter sous les buissons. A plusieurs reprises, il lève des oiseaux dont le vol claque dans le silence. Raoul suit. Lorsque le fouillis est plus court, il distingue une tête dont

la toison broussailleuse semble à demi enfoncée dans la masse énorme des épaules. Ils sont bientôt sous les résineux. La nuit est du goudron. L'air immobile est chargé des senteurs un peu âcres des mousses et des aiguilles en putréfaction. En se baissant pour poser son sac, Raoul heurte du bras la hanche de Timax. La tiédeur de ce corps épais, son odeur forte de sueur font monter en lui une vague de joie sourde.

— T'as mangé ?
— J'ai de quoi, fait Timax.

Ils s'assoient côte à côte. Amarok est contre la jambe de Raoul.

— Question de manger, dit le trappeur, j'ai de quoi faire aussi. Le sac que tu viens de porter, c'est Steph qui l'a préparé. Tout des provisions. Tu vois qu'on peut tenir un moment.

Timax émet un petit rire qui se casse soudain :

— Comment on va savoir ?
— Si d'ici deux jours on sait rien, je descendrai.
— Tu retournerais à Saint-Georges ?

Il y a de l'angoisse dans sa voix.

— Et alors, pourquoi pas ? J'ai cogné sur personne, moi. J'ai bien le droit de me balader. Je suis en règle. Faut seulement que je me montre pas trop dans le coin. Si ceux qui vont te chercher voyaient d'où je viens, ça pourrait leur donner des idées.

Le couteau de Timax racle le fer d'une boîte. La respiration d'Amarok se fait plus précipitée et sa queue balaie le sol.

— Ce qui m'étonne, dit Raoul, c'est d'apprendre que t'as pas mangé.

— Rien depuis ce matin, grogne le garçon. Je voulais pas revenir ici et risquer que tu files pendant ce temps.

— Personne voudra jamais croire ça !

— Tiens. Et te paye pas ma tête tout le temps.

Raoul empoigne la boîte et une énorme tranche de pain. Il prend un morceau de viande gluant entre son pouce et la lame de son couteau, il le pose sur son chanteau. L'odeur de tomate éloigne celle du sous-bois. Le trappeur mange lentement. Il coupe de petits carrés de pain qu'il imprègne de gelée avant de les tendre à son chien. Amarok les cueille du bout des lèvres, il avale et lèche les doigts.

Sans cesser de mastiquer, Timax dit :

— Tout de même, un coup de poing, ça peut pas tuer un type solide comme ce sergent.

— La nuque contre la table, ça peut pas faire du bien. Paraît que le sang lui pissait d'une oreille.

Raoul achève de mastiquer une bouchée avant de porter à ses lèvres une bouteille de bière dont la mousse tiède déborde sur sa main. Il boit longuement, pose la canette qu'il serre entre ses pieds, essuie sa main à son pantalon et grogne :

— Bonsoir ! Quand je pense que c'est moi qui t'ai appris à te battre. J'aurais mieux fait de me casser un bras.

— Alors, avec ces salauds de M.P., faut se laisser cogner dessus sans rien dire ! Y peuvent te casser la gueule, t'as juste le droit de te croiser les bras... Ben mon vieux !

Le ton monte. Timax s'énerve. Sa voix se met à trembler. Raoul l'interrompt :

— D'abord, c'est pas tous des salauds. Avec ce sergent ivrogne, on est vraiment mal tombé. Ils nous ont envoyé le pire !

— Tu nous l'as dit cent fois, grogne sourdement Timax... Ça me fait une belle jambe !

Ils mangent un long moment sans parler, s'arrêtant souvent de mastiquer pour écouter la nuit.

L'île des Morts

Très loin, un grand-duc lance son appel qu'un autre reprend sur la rive opposée du lac. Amarok ne bronche pas. Les deux hommes rient un instant et Raoul dit :

— Ces deux-là, ils t'imitent pas mal. Seulement avec Amarok, ça marche pas. Y t'a tout de suite reconnu.

Après un petit temps de réflexion, le garçon soupire :

— Tu peux rigoler, ceux-là y a personne qui va les chercher pour les envoyer à la guerre.

— C'est vrai, mais y a des types qui les tuent pour les empailler.

Timax n'est pas pressé de répondre. Il lui faut toujours une éternité pour préparer ses mots. S'il avait eu le geste aussi réfléchi que la parole, ils ne seraient pas là, tous les deux, sur cette île, à se cacher comme des bandits. Raoul se dit cela. En même temps, il sent monter une bouffée de cette joie sauvage qui l'a déjà envahi la nuit dernière, sur le fleuve. Ils ne sont plus trappeurs, ils sont gibier, mais le jeu reste le même, avec une sacrée mise !

— La guerre, commence Timax, y a rien à faire, je veux pas y aller. Et par ici, j'en connais point qui veulent.

— T'inquiète pas, que le sergent soit claqué ou seulement blessé, t'iras pas à la guerre. Si t'es pris, on te foutra en prison. T'as plus à craindre la conscription.

Raoul essaie de rire, mais le cœur n'y est pas. Ils sont là tous les deux, adossés à des troncs d'arbres, leur boîte de corned-beef et leur bouteille de bière terminées. Le silence au-dessus d'eux se peuple lentement. Le vent forcit. Bientôt les premières gouttes cliquettent dans les épines des résineux.

— On va retourner aux canots, dit Raoul, c'est là-dessous qu'on sera le mieux. Demain, on avisera.

Ils ramassent leur fourbi à tâtons, se chargent, et repartent derrière le chien à peine visible dans cette nuit sans reflets.

4

Amarok n'a pratiquement pas dormi.
Dès que les hommes ont été couchés, il est parti faire le tour de cette île qu'il ne connaît pas. Il a reniflé chaque anse, longé les plages, fureté sous les buissons et jusqu'au bout des enrochements. Il a suivi une longue jetée large et plate, pareille à une route et qui s'en va comme si elle voulait traverser le lac. Elle est faite de roches et de terre venues des profondeurs. Là-dessus, n'ont poussé que des aulnes, quelques viornes et des ronces qui restent maigres. Un sol étrange, pareil à une bande de toundra.

Après avoir fait un tour complet, Amarok est revenu se coucher un moment sous le canot renversé, aux pieds de Raoul. Il a écouté la nuit d'eau. Puis, sous cette averse qui ne traverse pas sa laine grasse, il est parti vers l'intérieur de l'île. Il a buté contre un grillage. Une sorte d'immense cage dont il a fait le tour. Sous un buisson, il a surpris une grosse gélinotte huppée. Mal réveillé, l'oiseau a voulu s'enfoncer davantage sous les fourrés, mais Amarok a foncé et ses mâchoires ont fait craquer les os. Son repas terminé, il a regagné le bivouac où il a repris sa veille, à l'abri du canot.

Chaque fois que Raoul s'est réveillé, le chien est allé lui

flairer le visage pour faire acte de présence. Chaque fois, Raoul a entendu ronfler Timax. La pluie crépitant sur l'écorce des canots renversés faisait moins de bruit que lui.

Il a plu toute la nuit, régulièrement, avec juste quelques soubresauts du vent. Les premières lueurs de l'aube ont suspendu l'averse. Les arbres et les buissons s'égouttent. Raoul les écoute sans remuer un orteil, bien au sec et au chaud entre les peaux de lièvre. Le costaud a cessé de ronfler. Dormant toujours, il émet une sorte de couinement bizarre entrecoupé de brefs gémissements. C'est presque risible : un si gros animal pour ces bruits ridicules.

Le trappeur attend que le jour soit vraiment là pour sortir de son couchage et enfiler son pantalon et ses bottes. Dès qu'il remue, Amarok se lève et le rejoint. Prenant sa serviette, Raoul s'en va torse nu. Les branches le douchent au passage et ces caresses glacées sont un vrai plaisir.

Arrivé à la berge, il observe le lac. La brume qui monte de l'eau efface l'autre rive. Il ne voit rien, nul ne peut le voir. Amarok boit longuement tandis que son maître se lave le visage et le torse. Le trappeur revient sans s'essuyer à cause des buissons qui continuent de l'asperger.

Avant de se coucher, il a pris soin de sortir sa gamelle que l'averse a remplie aux trois quarts. Il l'installe sur son petit réchaud et craque une allumette pour enflammer la pastille d'alcool solidifié. Assis, la tête légèrement inclinée, Amarok suit chaque geste avec un grand intérêt. Pendant que l'eau chauffe, Raoul s'essuie, enfile sa chemise à carreaux et sa grosse veste de cuir. Il sort un sac de viande séchée dont il donne deux grosses poignées à son chien :

— Toi, ça m'étonnerait que tu te sois promené toute la nuit sans rien trouver à te mettre sous la dent.

Enfin, Raoul peut bourrer sa première pipe. Dès qu'il a versé le thé dans l'eau, il se glisse sous le canoë de Timax et le regarde un moment avant de lui secouer l'épaule.

— Alors, gros sac, t'as pas trop mal dormi?

L'autre fait un saut. Il manque se cogner la tête au rebord du bateau.

— Bon Dieu, tu me fais des sueurs, toi!

Le costaud s'assied en repoussant sa couverture. Son torse est une masse de muscles. Il est velu jusque sur les épaules. Comme il n'a pas de cou, on ne saurait dire où s'achève la chevelure châtaine et où commence ce poil de la même couleur. Il se gratte la tignasse, puis la poitrine. Une odeur forte monte de sa couche.

Raoul donnerait cher pour pouvoir lui annoncer que le sergent se porte comme un charme.

— Profite qu'il y a de la brume sur le lac pour aller te laver. Et traîne pas en route. Le thé infuse.

Raoul regarde s'éloigner cet ours roussâtre qui s'ébroue sous les gouttes.

— Plus gentil, on trouverait pas dans tout le pays. Y te ressemble, Amarok. En plus pataud.

Il le revoit haut comme sa botte, la première fois qu'il l'a embarqué dans son canot. Sur la digue de cette même île, alors que son père vivait encore.

C'est seulement à présent, en voyant s'éloigner ce dos velu déjà constellé de gouttes grises comme le ciel, qu'il mesure l'absurdité d'un geste. La stupidité d'un instant qu'il n'est plus possible d'effacer. Tout ça pour une guerre qui se déroule de l'autre côté de l'océan. Pour une conscription dont on n'est même pas certain qu'elle sera vraiment mise en branle.

Regardant Amarok, il bougonne :

— On foutrait le camp vers le nord, nous autres. Et y viendraient nous chercher.

Le chien semble tout à fait d'accord, mais Raoul se détourne. Un rire amer lui monte à la gorge :

— Pauvre couillon! T'as passé soixante ans, et te voilà

dans le bain tout de même. A cause d'un coup de poing d'un gars à qui t'as appris à cogner. Bon Dieu de bon Dieu de maudite teigne !

Il ne sait pas exactement qui est la teigne, mais il mijote une belle rage. Et c'est Timax qui va trinquer. Le voilà qui s'en revient tout ruisselant, avec de la vase du lac collée aux poils de son ventre.

— Tu y a mis le temps. Même pas foutu de te laver. Tu vas me coller de la merde partout, fais attention, bougre de buse !

Le costaud ne s'émeut pas, il a l'habitude. Il regarde son ventre et sourit. Sa grosse patte ramasse une poignée d'herbe trempée avec laquelle il se nettoie tant bien que mal. Haussant les épaules, Raoul grogne :

— Tu seras toujours le même crasseux. Si ta mère avait autant de billets d'un dollar qu'elle t'a nettoyé de chemises et reprisé de culottes, elle pourrait vivre vieille sans rien foutre.

Timax prend le temps de se sécher et de s'habiller avant de répondre :

— Ma mère, je lui donne des sous tous les mois.

— Encore heureux, avec ce que tu dévores !

Le costaud sourit en montrant ses larges dents comme pour dire qu'il a faim.

Ils mangent. Ils boivent leur thé. Ils nettoient les poissons et Raoul observe :

— Dommage qu'on puisse pas allumer du feu.

— Qu'est-ce qu'on va en foutre ?

— J'ai apporté du vinaigre. Avec du sel puis du poivre, m'en vais les mettre à mariner. Sauf ceux que je vais garder pour Amarok.

Les yeux clairs de Timax sont moins lumineux que ceux d'Amarok, mais ils pétillent tout autant en regardant opérer le trappeur. Sa langue balaie ses lèvres épaisses. Il pose sa main sur la tête du chien et lui parle entre ses dents. Ce gaillard-là, on ne peut pas lui en vouloir longtemps. Suffit de regarder sa bonne grosse gueule sans malice.

Vers le milieu de la matinée, le ciel se déchire. Un coup de vent porteur de lumière passe par l'accroc pour balayer la forêt puis le lac d'un pinceau soyeux. Les brumes se lèvent.

Moins d'une heure plus tard, les deux hommes qui parlaient se figent d'un coup. Amarok vient de grogner. Très loin, un moteur pétarade sur le fleuve.

— Faut voir ce que c'est.

Montrant les sacs au chien, Raoul ordonne :

— Tu restes là ! Tu te tais !

Le front plissé, l'œil inquiet, Amarok s'assied et les regarde partir.

Ils courent le plus vite possible pour atteindre la rive avant que l'embarcation ne débouche sur le lac. Un peu essoufflés, ils se couchent à plat ventre sous des buissons dont les branches débordent sur l'eau. Ils sont juste en face de l'embouchure de l'Harricana d'aval. Le bruit avance assez vite.

— C'est un canot à moteur, souffle Timax.

— Tu te foules pas. Qu'est-ce que tu veux que ce soit, un moulin à café ?

Raoul prête l'oreille encore un moment :

— Je peux même te dire que c'est celui du grand Vagnon. Y en a pas deux qui tournent si rond.

Ils attendent encore. Pas longtemps.

— Tu t'es pas trompé, fait le trapu qui vient de reconnaître le bateau bleu et blanc du mécanicien.

— Oui, mais c'est pas lui qui est dedans.

Le gros canot qui laisse derrière lui une petite traînée de fumée bleue avance en direction de l'île. Il vient même droit sur eux. Il y a trois hommes à bord. Trois de la Police Militaire, avec casque blanc, uniforme kaki et brassard blanc aux deux lettres noires M. P. Celui qui tient la barre du moteur est assis au cul. Les deux autres sont à l'avant, leurs carabines à répétition appuyées sur le bordage, une à gauche, une à droite.

Les mains de Raoul sont fermes sur sa carabine.

Si ces hommes patrouillent ainsi, c'est probablement que le sergent est mort. Ils sont prêts à tuer.

Une goutte de sueur coule sur son front et s'arrête dans ses sourcils, au-dessus de son œil gauche. Il a déjà évalué le nombre de secondes qu'il lui faudra pour tirer trois fois. Il sait très exactement jusqu'à quelle distance il peut les laisser approcher.

Sans le regarder, il voit le gamin allongé à sa droite dont le visage ruisselle. Avec une acuité incroyable, à une vitesse folle, il voit les trois hommes tomber, il voit basculer sa propre vie et celle du petit. Mais un bloc est en lui qui n'est pas de la haine. Non. Seulement la volonté de fuir avec Timax.

Le bateau est à mi-distance entre l'île et l'embouchure du fleuve lorsque sa proue s'incline soudain et mord l'eau sur la droite. L'écume se soulève un peu plus et accroche un reflet. Le bateau s'en va vers l'amont du lac.

Le trappeur et Timax se regardent. Petit sourire un peu crispé. Ils écoutent. Le bruit décroît.

Chaque minute, chaque seconde pèse plus d'une heure.

Raoul connaît la berge de l'île. Il n'y a qu'ici que l'abordage est aisé, ici ou au bout de la grande digue. Il se lève. Sans un mot, il pique sur la droite, entre les broussailles et les arbres courts dont chaque branche est un obstacle. Le garçon fonce derrière lui. A cause du bruit qu'ils font, ils n'entendent plus le moteur. Ils s'arrêtent un instant, l'oreille tendue. Ils se regardent, visages graves.

Ils repartent. L'eau se devine bientôt entre les ronciers. La rive est là, à peine habitée d'un imperceptible clapotis. Nouvel arrêt. Le moteur est très loin, son chant régulier rassure. Raoul s'allonge et rampe sous un fourré épais dont la masse retombe sur les enrochements moussus que l'eau vient lécher. Il s'installe. Il engage le canon de son arme entre deux grosses pierres, il est presque bien sur ce lit de feuilles d'où monte une bonne odeur de terre. Une odeur qui témoigne de toute une vie secrète. Timax se couche à sa gauche, légèrement en retrait. Ils se regardent encore et Raoul sourit. Le garçon essaie de répondre, mais son visage ruisselant est tendu. Ses joues sont pâles sous sa barbe de trois jours. Des mèches de cheveux sont collées à son front bas que sillonnent deux grosses rides.

Les minutes s'allongent encore. Raoul observe chaque détail de la digue. Le seul endroit où il soit vraiment possible d'aborder sans risque de crever le canot se trouve presque à l'extrémité. Le remblai a formé une petite plage qui avance entre les rochers et que la végétation n'a pas envahie. Elle est à bonne distance.

Est-ce qu'on peut tuer froidement, comme ça, sans semonce, confortablement installé sur un lit de mousse et de feuilles mortes ?

Le ronronnement approche. Il monte régulièrement. Raoul essuie ses sourcils. Il se tasse un peu plus derrière les pierres.

— Les voilà.

— J' suis pas aveugle, grogne le trappeur.

Le canot vient de déborder l'extrémité de la digue. Il en est très loin. Sans doute plus proche de l'autre rive du lac. C'est elle surtout que les trois hommes semblent observer. La proue s'incline un peu. L'embarcation approche durant quelques secondes. L'homme posté à la proue se tourne vers le barreur et, aussitôt, le canot vire sur son bord droit et pique vers le fleuve d'aval. Raoul respire profondément en regardant s'éloigner le bouillonnement d'écume et le minuscule nuage bleuté.

Bien avant que le canot ait disparu, les deux hommes sont debout. Ils s'essuient le visage d'un revers de manche. Cette fois, Timax sourit. Il a même un petit rire un peu nerveux. Le trappeur demande :

— T'as pas sali tes culottes, au moins ?

5

De retour près des canots où Amarok, figé à son poste, les attend, ils se regardent avec un sourire qui ne veut pas éclore vraiment.

— Vaudrait mieux porter les bateaux sous les épinettes, dit Timax. D'un avion, on peut les voir.

— Si jamais y te cherchent avec un avion. Alors...

Un silence stagne, épais comme la pénombre humide de ce lieu où nul être humain n'est venu depuis des années.

— Seulement, observe Raoul, y débarqueraient où on a débarqué, faudrait vraiment qu'ils soient aveugles pour pas voir nos traces. Dans un endroit où personne marche jamais, c'est pas possible d'effacer les pistes.

Son front bas tout plissé sous son épaisse chevelure embroussaillée, le menton dans les mains et les coudes sur les genoux, Timax réfléchit.

— Si on n'avait pas les canoës, on pourrait se cacher mieux. Les types croiraient qu'on est repartis.

Raoul se met à rire.

— Quand y s'agit de ta peau, t'es plus futé que t'en as l'air.

Le torse du costaud se redresse. Son œil sourit. Raoul le laisse se réjouir avant de demander :

— Alors, qu'est-ce que tu proposes ?

L'île des Morts

L'autre hésite. Ses lèvres remuent plusieurs fois avant qu'en sorte le premier son.

— Ben, ma foi, faudrait trouver une bonne cachette pour nous ; puis les canots...

Il s'empêtre et Raoul fait mine de se fâcher :

— C'est ça : on te trouve un trou où tu te caches, et le vieux se démerde pour redescendre les canots à Saint-Georges. Puis après, comme faut pas laisser le petit gars tout seul avec Amarok pour le garder, le vieux con, y revient à la nage avec son fusil entre les dents.

Le garçon ne peut s'empêcher de rire.

— Et toi, lourdaud, ça t'amuse. T'as rien trouvé de mieux !

Timax a un haussement de ses lourdes épaules. Son visage s'assombrit soudain.

— Je sais bien que tu feras pas ça. Doit y avoir un moyen.

— Certain, qu'il y a un moyen. Faut que je descende les canots, puis Steph me remontera. Seulement, faut pas que le temps s'éclaire.

Raoul se lève et tape le fourneau de sa pipe à l'intérieur de sa main sèche. Il souffle pour bien évacuer ce qui pourrait rester de cendres, puis, ayant fourré la pipe au fond de sa poche, il empoigne son fusil et dit :

— Viens, on va toujours voir où ce serait le plus sûr. T'as qu'à prendre la hache.

Ils font quelques pas. Déjà le chien file devant sur une de ses traces de la nuit. Se retournant, le trappeur demande :

— Tu y es revenu souvent, ici ?

Le garçon hoche la tête de droite à gauche.

— Tu sais bien que non. J'ai jamais débarqué. Je suis juste monté avec ma mère. Une fois par an, pour poser des fleurs au bout de la digue.

Ils vont un long moment en silence. D'abord sous les résineux où la marche est relativement aisée, puis à travers un roncier où ils se frayent un chemin jusqu'à un banc de roche à peu près nue. Ils le suivent, passent sous de gros peupliers baumiers où tout est lumière, puis ils s'arrêtent.

Ils sont contre le grillage haut d'une dizaine de pieds qui a arrêté Amarok cette nuit et qu'il flaire de nouveau d'un air étonné. Toutes sortes de lianes et de plantes grimpantes s'y sont accrochées. Des arbustes ont passé leurs branches à travers. Les hommes s'interrogent du regard. Raoul murmure :

— Oui... c'est là.

— Tu reconnais ?

— Le village était sur la gauche. Pas loin d'ici.

Il y a quelque chose entre eux qui semble les paralyser, puis, comme le trappeur se glisse entre le grillage et une énorme touffe de sureau, le garçon commence :

— Mon père, je le vois comme si c'était hier. Y me soulevait à bout de bras, assis sur sa main. Ma mère lui gueulait : « Arrête. Tu vas me le casser ! » Lui, y rigolait.

Le trappeur se retourne et regarde ce gars en qui il retrouve Germain Landry. Il demande :

— Ça te fait rien, qu'on passe de l'autre côté ?

— M'en vas te dire une chose : ben moi, j'ai toujours eu envie d'y venir, ici. Bon, c'est l'île des Morts, et alors ? C'est comme un cimetière. Je vois pas pourquoi on vient jamais.

Raoul s'est agenouillé derrière le sureau et les broussailles.

— Passe-moi la hache.

Il enfile le manche de l'outil entre le bas du grillage et la terre. Il s'en sert comme levier.

— Attends, je vais t'aider.

Le costaud le rejoint. Il empoigne à deux mains et lève le grillage qui grince. Il y a un claquement sec, un peu plus loin, et le gros fil de fer du bas se détend.

— Juste ce qu'il faut pour passer, dit Raoul. Après, faudra refermer et camoufler.

Amarok s'aplatit et les devance. Raoul rampe tandis que son compagnon tient le grillage levé.

— A toi.

Ils remettent sommairement la clôture en place, puis ils continuent en obliquant sur la gauche. Ici, la végétation n'a guère poussé. Le ciment du carreau de la mine a tenu le coup. Il s'est craquelé, soulevé, déplacé, mais seules les plantes les plus coriaces sont parvenues à percer.

— Ma mère, dit Timax, elle en parle jamais.

— C'est normal. Ça l'a trop marquée.

Ils avancent vers ce qui reste des bâtiments. Les arbres y ont poussé plus facilement que sur l'esplanade. Les toitures ont basculé. Un treuil dont la base de fonte s'est enfoncée en terre est incliné sur le côté. Plus loin, il y a une dalle carrée en béton armé très épaisse et qui doit bien mesurer vingt à vingt-cinq pieds de côté. Ils s'en approchent. S'arrêtant devant, Raoul ôte son bonnet et se signe. Le garçon se signe aussi.

— Tu vois, c'est la tombe de ton père... Et des autres.

— Je me souviens du jour où on est tous montés pour la messe. Y avait un tas de monde et un évêque. Les maisons étaient encore toutes debout et le grillage était pas placé.

Le ciment s'est craquelé autour des cailloux qui y sont enchâssés. La mousse a poussé. Des lichens aussi et même de petites touffes d'herbe. Amarok saute sur la dalle, flaire une fissure et commence à gratter. Sa grosse patte soulève un peu de poussière.

— Amarok, fous-moi le camp !

Surpris, il hésite. Puis, quand son regard croise celui de

Raoul, il bondit et file vers des buissons où il se remet à fouiner.

— On peut plus lire les noms.

Les hommes demeurent un moment en silence. Enfin, d'une voix à peine émue, le garçon reprend :

— On se demande comment ça a bien pu faire, là en dessous. Puis à quelle profondeur ils étaient quand l'eau a crevé le toit ? Est-ce qu'ils sont morts tout de suite ?

Ils restent encore un moment recueillis, tandis que le chien ravage dans les ruines où les rats ont niché. Raoul regarde autour d'eux :

— En tout cas, c'est pas les endroits qui font défaut pour se planquer. Faudrait un régiment pour te retrouver là-dedans.

Ils marchent en direction de ce qui était l'immense restaurant. Des épinettes ont tout envahi excepté les cuisines. La masse des fourneaux est trop épaisse pour que la végétation en soit venue à bout en quinze ans. Il reste même un bon morceau de toit qui tient encore. Comme le chien s'en approche, un hibou des marais s'envole lourdement.

— Tu peux t'installer là, tu seras pas le seul locataire.

Le costaud regarde. Il hésite un long moment avant de demander :

— Tu crois que tu saurais retrouver où était la maison ?

Sans hésiter, Raoul contourne les ruines. Il y a, derrière, un enchevêtrement de viornes, de sureaux et d'aulnes qui semblent se battre pour la place avec des résineux et de grosses touffes de saules.

— C'est là que les Polonais avaient fait leurs jardins. La terre était riche. Ça a rudement poussé.

Ils doivent chercher une voie au ras des anciens bureaux et, à plusieurs reprises, se frayer un passage à coups de hache. Il leur faut un bon moment pour atteindre ce qui était la rue du village. Pas très loin, le lac se dessine entre les peupliers. Il ne reste pas grand-chose des maisons bâties en bois rond et recouvertes de papier goudronné. Quelques piliers d'angle ont tenu. Des pans de toitures ou de murs se sont couchés l'un sur l'autre. L'épaisseur a retardé le pourrissement. Amarok continue sa quête. Il grogne, on entend couiner un rat.

— Dire que ça grouillait de vie, souffle le trappeur. J'avais bâti le magasin avec Steph.

— Je sais, fait le garçon.

Son lourd visage est pâle. Ses traits sont tendus.

— Viens, on va s'en retourner. Y a rien à trouver par là.

— Je voudrais voir la maison.

Ils continuent. Un moment, Raoul semble un peu perdu. Puis, s'arrêtant soudain devant une dalle qui a basculé en s'enfonçant d'un côté, il murmure :

— C'est là. Cette pierre, c'est ton père qui l'avait apportée devant la porte. Pour qu'on se tape les pieds avant d'entrer.

Le garçon soupire profondément. Ses lèvres remuent à peine alors qu'il souffle :

— Sûr qu'il était fort comme un bœuf, bon Dieu !

6

L'ÉCLAIRCIE a été de courte durée. Ils ont à peine le temps de revenir à l'endroit où sont restés leurs sacs que les nuées se referment déjà. Du plomb et des cendres imprègnent le jour. Raoul se frotte les mains.

— C'est le cas de dire que le ciel est avec nous. Je vais même pas attendre la nuit pour y aller.

Timax doit avoir quelque chose à dire qui n'est pas tout simple. Se balançant un peu, il lève ses grosses pattes qui ébauchent des gestes vagues. Il ne parle pas. Tous deux observent les nuées épaisses qui commencent à rouler. Le gros du vent est encore perché dans les hauteurs, mais déjà, il a des mouvements qui viennent bousculer les arbres.

— Quand j'étais petit, des fois, la nuit, ça me faisait peur. Je voyais mon père avec la bouche pleine de boue. Puis les yeux et tout. A présent, j'y pense moins.

Le trappeur pose sa main sur l'épaule du garçon qui marque un temps avant de poursuivre :

— Ma mère me l'a souvent dit : « Il est mort bien profond, mais ça l'empêche pas d'être au ciel et de te protéger... » C'est pour ça que je suis venu ici.

Il émet un petit gloussement moitié rire moitié sanglot.

Ils transportent leurs sacs jusqu'au restant de toiture de

l'ancienne cuisine. Il ne pleut pas encore, mais déjà Raoul annonce qu'il sent l'odeur de la pluie. Ils font chauffer de l'eau sur le petit réchaud et boivent du thé en mangeant chacun une boîte de porc et un large filet de truite fumée.

A peine ont-ils terminé leur repas que l'averse crève d'un coup. Ça se met à crépiter et à chanter sur les vieilles tôles tordues qui traînent tout autour. L'eau glougloute dans les chemins qu'elle s'est creusés partout. Le vent tourbillonne. Par moments, il pousse des gifles glacées sous leur abri.

— Si ça mouille trop, t'auras juste à tendre la bâche là-devant. Mais si tu peux éviter, c'est préférable. Tel que, faudrait venir te marcher dessus pour savoir que t'es là.

— T'inquiète pas, j'ai pas besoin de bâche.

— Avec une averse pareille, ça va tout piler. Faudrait un malin pour suivre une trace.

Ils demeurent acagnardés trois longues heures, l'un contre l'autre, le chien à leurs pieds. Raoul fume sa pipe et boit de la bière. Timax suce des bonbons qu'ils ont découverts dans le sac de vivres préparé par Stéphane. A plusieurs reprises, Timax parle de sa sœur, morte il y a deux ans, au cœur d'un été brûlant, d'un mal de poitrine comme on n'en voit généralement qu'en hiver.

— Faut dire qu'elle était aussi fragile que t'es solide, constate Raoul... Pour ta pauvre mère, c'est quelque chose !

Il est sur le point d'ajouter : « Et toi qui fais le con. » Mais il se retient.

— Je l'aimais bien, Etiennette, dit Timax. Elle avait toujours toussé. Même le docteur savait pas pourquoi.

Après avoir longtemps hésité, il finit par dire, presque timidement :

— Je sais que ça peut pas remplacer, mais ma mère, elle aime bien Gisèle.

— Tu tomberais amoureux d'un orignal, ta mère l'aimerait aussi !

Ils laissent ruisseler de longs moments d'averse. Il y a quelques gros coups de vent rageurs.

— Dire que tu vas aller te faire tremper.

Raoul se met à rire.

— C'est pas la première fois que je sors sous la pluie.

Ils évoquent quelques souvenirs communs de fortes averses les accompagnant dans leurs courses en forêt. Et cette pluie du souvenir chasse un moment celle qui enveloppe leur cachette. Ils la regardent pourtant qui jaillit sur les anciens fourneaux du restaurant de la mine. Ils suivent des yeux son ruissellement le long des flancs de métal rouillé. Et puis, soudain, la voix nouée par l'angoisse, Timax demande :

— Si le sergent est mort, est-ce qu'on va dire que je voulais le tuer ?

— Y aura du monde pour te défendre. Y avait des témoins. Moi, je sais pas bien, la justice, c'est compliqué. Tu l'as tabassé. C'est vrai, mais c'est aussi un petit peu un accident.

Le garçon réfléchit un moment, puis, lentement, il porte à son cou une main qui tremble un peu.

— Tout de même, y peuvent pas me pendre ?

Raoul lui passe le bras sur les épaules et le secoue un peu en le serrant contre lui. Un geste qu'il faisait quand Timax était encore enfant.

— Bien sûr que non. Ça se fait pas comme ça. Va pas te foutre des idées pareilles dans la patate.

Le regard du costaud s'éclaire quelques instants pour s'assombrir à nouveau.

— Même pour un de la M.P. ?

— Si c'est un accident, c'est un accident pour tout le monde.

Timax se redresse. Il semble qu'il vienne d'être touché par un doigt de lumière.

— Y a une chose qu'il a criée. Tous les gars qui étaient là ont pu l'entendre. Il a crié : « Je veux pas t'arrêter. Je suis pas en service. Je vas juste te corriger. Si t'es un homme, t'as qu'à te défendre. » Faut que tu demandes à Clarmont et aux autres de pas oublier. C'est important.

Il s'excite en parlant. Raoul l'interrompt :

— T'inquiète pas. Personne n'oubliera.

— Si tu y vas pas, faut que Steph leur dise.

— T'inquiète pas, il leur dira. Et puis, on se fait sûrement du souci pour rien. Le gars est peut-être au sec, en train de se taper une bière. Tu le sauras demain matin.

Un long moment d'averse les enveloppe de son crépitement. Timax secoue la tête et grimace parfois. Il doit continuer de parler au fond de sa poitrine qui se soulève pour d'énormes soupirs. Il finit par demander :

— Ma mère, qu'est-ce qu'ils peuvent lui faire ?

— Qu'est-ce que tu veux qu'ils lui fassent ? C'est pas elle qui s'est bagarrée.

— Et Gisèle, y vont pas aller la questionner ?

— C'est pas elle qui était avec toi, c'est son frère.

Malgré lui, Raoul a parlé durement.

Le déluge s'est installé. Son train régulier devient le seul bruit. Un roulement continu fait de mille notes différentes dominées par la basse des tôles qui résonnent. Les feuilles rousses ou blondes encore accrochées aux branches tombent comme si le poids de cette eau les entraînait vers la mort enfouie sous le sol de cette île.

Ils attendent, pareils à trois bêtes somnolentes. De temps en temps, Amarok pousse un énorme soupir sans décoller sa tête de ses pattes. Quand, parmi ce concert d'égouttements et de ruissellements, un bruit lui paraît suspect, il se redresse, ses oreilles pivotent deux ou trois fois, puis il se recouche, un peu déçu.

Raoul se déplie lentement. Ses genoux craquent.

— D'ici une grosse heure, y fera nuit. Je vais y aller.

Déjà le chien se met en route, mais Raoul le rappelle :

— Amarok, tu restes ici. *Stay ! Stay,* Amarok !

Il montre le recoin où ils ont empilé leur hourbi et il ajoute lentement :

— Amarok, tu gardes ça !

Le chien se couche, le regard plein de tristesse. Raoul se baisse et caresse sa tête :

— Tu restes avec Timax.

Amarok soupire longuement en émettant une très faible plainte. Raoul montre les sacs à Timax :

— Dans le grand, y a sa viande. Puis tu trouveras un bidon d'huile de foie de morue. Tu lui en verses un peu sur une tranche de pain. Et fais pas le con, donne-lui qu'une fois par jour, hein !

Timax a l'air aussi inquiet que le chien.

— Tu vas tout de même pas rester une semaine. (Il hésite.) Essaie de voir Gisèle ou son frère.

— T'inquiète pas... Si t'entends le signal, mène le chien jusqu'au passage. Avec ce grillage, s'il essaie de venir droit, y s'affolerait. Mais tu le laisses se mettre à l'eau que si j'envoie trois fois le signal. T'as compris ?

— Oui : trois fois.

Ils font quelques pas et Timax demande encore :

— T'essaieras de savoir. Puis de voir ma mère. Puis pour Gisèle...

Agacé, le trappeur l'interrompt :

— Lâche-moi avec ça ! Je sais ce que j'ai à faire. Et puis reste donc là, j'ai pas besoin de toi pour embarquer. Je vais pas me perdre.

— Je veux aller avec toi.

L'île des Morts

Timax a son air buté.

Raoul porte sa longue veste en toile cirée et son chapeau gris à large bord. Le garçon n'a rien d'imperméable. Bien avant d'atteindre les canots, il est trempé.

— Faudra te déshabiller. Tu trouveras de quoi te changer dans le sac brun. Mets des chandails. Les chemises, tu me les ferais craquer.

Ils portent les embarcations au lac. Tandis que Timax les maintient bord à bord, Raoul les attache avec une lanière de peau. Bougon, il lance :

— Tête de lard ! Tu m'auras bien fait des misères, toi !

— Tu vas m'en vouloir, c'est sûr.

Ils se regardent quelques instants. Ils sont tout proches l'un de l'autre mais l'averse est si dense qu'elle tisse un rideau scintillant entre leurs deux visages. Du chapeau de Raoul, de longs ruisseaux coulent. Le garçon a les cheveux collés sur son front.

— Allez, grosse buse, va vite te mettre au sec. (Il hésite.) Et si je suis pas là demain, t'inquiète pas. Reste dans ton trou. Tu risques rien. J'aime trop Amarok pour le laisser passer l'hiver ici !

Raoul pose sa Winchester dans le canot et embarque. Avant même qu'il ait pris sa pagaie, les deux bateaux couplés foncent vers les grisailles du large, poussés par Timax qui patauge dans la vase.

7

Raoul descend tranquillement l'Harricana. Il se tient au milieu, où le courant pousse le plus fort. Les berges sortent peu à peu du tissu serré de l'averse pour venir à sa rencontre. A mesure qu'il avance, la nuit fait comme lui. Lentement, elle gagne du terrain. Elle sourd des buissons, des arbres, des nuées invisibles et du fleuve pour s'installer partout. Raoul la voit venir avec joie. Quand elle sera là, il n'y aura plus aucun risque de rencontrer personne.

En moins d'une heure, elle est partout. Une fois le noir bien formé, le trappeur se met à ramer sur une autre cadence. Il ne ralentit pas, mais, à peu près toutes les trente ou quarante tirées, il suspend son mouvement et tourne la tête lentement dans tous les sens. Le seul bruit est celui du crépitement sur son feutre, sur son ciré et tout autour. Il repart. Et c'est au cours d'un de ces arrêts qu'il perçoit une présence. Aussitôt, il oblique vers la rive, puis suspend à nouveau son geste. Ecoute. Pas de doute, un canot monte. Il n'est pas loin.

Ecoute encore.

Il n'y a qu'un rameur qui va pas mal mais ne doit pas avoir une aussi bonne vue que lui, car il hésite souvent. Le trappeur retient son souffle. Le canot sera bientôt à sa hauteur. Il passe. L'homme est vraiment seul. Doucement, le trappeur laisse aller de ses lèvres les cinq ululements du grand-duc. La réponse est immédiate et Raoul demande :

— C'est toi, Steph ?

— Merde ! Je t'ai passé sans te voir.

Ils se rapprochent l'un de l'autre.

— Qu'est-ce qu'il y a ?

— On a l'impression qu'ils savent où il est. Je voulais vous prévenir.

— Comment y peuvent savoir ?

— Je comprends pas. Y sont allés interroger toute la famille Rougeraud, ça peut pas venir de là. Le père est pas un homme que j'aime, mais il est persuadé que vous avez filé droit sur le nord. Y sont venus chez nous, la mère les a foutus dehors, j'aurais voulu que tu voies ça !

— T'es certain qu'ils t'ont pas vu partir ?

— Avec ce temps, si t'en vois un dehors...

Raoul commence à expliquer ce qu'il comptait faire mais son neveu l'interrompt :

— C'est foutu. De toute manière, l'île, c'est trop risqué. Personne peut tenir là. Seulement, son histoire, ça a bougrement remué...

— Il est pas mort, le gars ?

— Non. Mais je crois qu'y vaut guère mieux.

— Alors ?

— Ben ça a excité les autres M.P. Paraît qu'il va en arriver de nouveaux. Alors, y a plusieurs jeunes qui ont foutu le camp.

— Où ça ?

Comme si on risquait de venir les épier dans cet univers noyé, Steph baisse la voix pour répondre :

— Chez le curé de Val Cadieu. C'est là qu'il faut descendre.

Il y a un instant de vide que l'averse envahit totalement, puis, ayant réfléchi très vite, Raoul ordonne :

— On va laisser mes deux bateaux ici, on les prendra au retour. On va monter le chercher avec le tien. Y filera direct là-bas.

— J'ai un sac.

— Passe-le, on va le laisser ici. Personne risque de venir.

Le trappeur a pris l'initiative. Il ordonne, il force la manœuvre, il amarre, à une racine de la rive, les deux embarcations jumelées.

— Est-ce que tu lui as monté son ciré ?

— Pas le sien. On a rien dit à sa mère. J'ai pris au magasin le plus large que j'ai pu trouver. J'espère que ça ira.

Ils font tout en aveugle mais sans une fausse manœuvre. Raoul passe à l'arrière de l'autre canot et, sans un mot, il donne le premier coup de pagaie. Aussitôt Stéphane s'aligne sur lui. La cadence s'établit immédiatement et le canot mord le fleuve qui chante en écho à l'averse. Raoul scrute la nuit. Le moindre reflet est une indication, la seule pression du courant sur un bord ou sur l'autre suffit à le guider. A peine essoufflé, au bout d'un moment, Steph demande :

— Tu sais à quoi je pense ?

— A quoi ?

— Notre arrivée.

— C'est pas d'hier. (Le temps de trois tirées de pagaie.) Ça fait trente et un ans. T'étais moins lourd.

Ils vont un long moment, puis Steph dit :

— C'était peut-être la misère, mais des fois, je regrette ce temps.

Les voici déjà au lac. Ça se sent au mouvement du bateau, à la musique contre la proue et ça se voit à une

clarté plus diffuse qui se déploie devant eux avec, en son centre, une longue masse d'ombre pareille à un animal endormi.
— Tu vois l'île ? demande le trappeur.
— A peine.
— J'ai encore meilleure vue que toi.
— T'as l'habitude.
Comme pour lui, avec tristesse, Steph ajoute :
— T'as de la veine.
Ils ont à peine fait la moitié de la traversée que Raoul lance son ululement. Pas d'écho. L'averse le tue. Mais, après quelques secondes, la réponse du trapu arrive. Raoul répète une fois son cri. L'autre répond. Puis, dans la forêt, un vrai grand-duc ulule timidement.
— Y va sûrement venir, mais l'aura pas l'idée de prendre les sacs.
— Merde pour les sacs. Je remonterai les chercher. Faut pas s'éterniser, le temps pourrait se casser.
Raoul dirige le canot droit sur l'anse où il a pris terre la veille.
— Reste là, je vais à sa rencontre.
A peine a-t-il fait quatre pas qu'Amarok déboule comme un taureau en secouant les broussailles.
— Bonsoir, t'es déjà là, toi !
Raoul bondit et s'engage entre les arbustes qui font redoubler l'averse sur son passage. Le chien est reparti pour revenir bientôt. Timax doit être tout proche. Le trappeur s'arrête. Il l'entend arriver. Bruit de cascade et rugissement rauque.
— T'as fait vite, bon Dieu !
— Je suis parti avant ton signal. Le chien tenait plus en place. Y t'avait senti remonter.
Le costaud n'est qu'un énorme halètement. Sa voix est nouée par l'angoisse.

— Qu'est-ce qu'il y a ?
— Faut se tirer. Steph est là.
— Le gars est mort ?
— Non.
— Alors ?
— On t'expliquera.
— Et Gisèle ?
Raoul ne peut s'empêcher de ricaner :
— Tu penses pas que Steph te l'a amenée ?
— Une chance que j'aie pris les sacs.
— T'es moins con que je croyais.
— Je me suis dit, on sait jamais. Ce chien m'inquiétait.

Raoul a pris un sac et une toile gorgée d'eau qui pèse une tonne.

Amarok a déjà filé en direction de la rive. A présent, c'est entre eux et Steph qu'il fait la navette.

Les hommes ont repris leur marche. Raoul entend l'autre grogner derrière lui et pester comme il fait chaque fois qu'on l'oblige à se presser.

Le chien est déjà installé à la proue. Ils embarquent tout. Mû par les trois pagaies, le canot file comme le vent. Le vent a changé, d'ailleurs. Il a légèrement viré au nord-ouest et le trappeur s'en rend compte tout de suite :

— Faut pas traîner, ça pourrait s'éclairer.

La pluie tombe déjà moins dru et des lueurs plus nettes glissent par instants au ras de l'eau. Elles dessinent mieux les épaules des deux rameurs qui sont devant Raoul. Elles soulignent le bordage luisant du canot.

Lorsqu'ils parviennent à la courbe du fleuve où les deux autres embarcations sont amarrées, on les distingue nettement qui tournent lentement du nez sur un remous.

Tandis qu'ils dénouent la courroie, Raoul explique à Timax où il va devoir se cacher.

— On va jusqu'à Saint-Georges chacun dans un canot.

Vous me laissez aller devant ; si je donne pas de signal, c'est que tout est bon. Une fois là, Steph va rentrer. Nous, on continue avec un seul canot.

Les autres ne bronchent pas. Le vieux est bien le chef. Ils se sentent comme portés par un bon vent bien franc qui sait où il mène. Avec Amarok en tête, ils ne risquent aucune surprise.

Raoul part. Il a tous les bagages, son arme et le chien dans le canot. Il va le plus vite qu'il peut car la lumière, imperceptiblement, augmente d'intensité. La pluie a presque cessé et le vent est plus frais. C'est une excellente chose car il lève du fleuve de longs copeaux d'une brume encore transparente mais qui va s'épaissir. Sur les rives, les arbres et les buissons s'emmaillotent peu à peu. Ils forment déjà un cortège cotonneux qui défile sans heurts.

Bientôt, ce long animal ouvre un œil d'or, puis deux. Puis d'autres encore sur les deux rives. Raoul s'arrête avant de les atteindre et pique vers la droite sous l'ombre large de gros trembles presque silencieux. Les autres le rejoignent.

— Ça s'éclaire. Vaut mieux changer de canot ici. Toi, Steph, t'as rien à craindre. Puis tu peux laisser les bateaux là. T'as tout le temps de les reprendre demain.

Steph descend. Il s'accroupit sur la berge pour repousser le canot de Raoul doucement au large.

Le chien à la proue tous les sens en éveil, les deux hommes ramant en souplesse, le canot se fond à la brume. Tout est silence. Les lumières de Saint-Georges ont disparu quand Raoul se remet à forcer sur sa pagaie.

Deuxième partie

LE CLOCHER DU VILLAGE

8

Bientôt midi. Amarok traverse la rue. Raoul le suit de près, arme à la bretelle, sac au dos, une pagaie à la main. Le brouillard est tellement épais qu'il faut approcher des maisons pour distinguer les lueurs qui coulent des fenêtres. Arrivé à l'entrée du jardin, Amarok s'arrête soudain, flaire nerveusement, pousse un grognement rauque et fonce droit sur la porte du campe. Raoul se précipite. Furieux, Amarok gronde en flairant sous la porte. Raoul ouvre. Avant même d'avoir allumé, il gueule :
— Fumiers !

Le chien qui, d'habitude, ne passe jamais le seuil est comme pris de folie. Il ne fait qu'entrer et sortir en flairant partout.

Il voudrait s'enfiler sous l'incroyable saccage, sous le bouleversement de caisses retournées, de peaux éparpillées, de pièges dispersés. Par-dessus la couchette renversée, on a jeté pêle-mêle bouteilles, bidons, traîneaux, outillage, sacs, raquettes, vêtements, rouleaux d'écorce et vaisselle cassée. Un ouragan est entré là.

Renonçant à trouver quoi que ce soit dans la cabane, Amarok est reparti. Il suit une multitude de pistes qui se croisent et s'entrecroisent, mais la pluie les a effacées, aucune ne le conduit au-delà de la rue.

Sans poser son barda, d'une voix qui a retrouvé son timbre habituel, Raoul appelle. Amarok revient aussitôt et se plante devant lui. Il regarde son maître, mais sa queue ne bat pas. Ses oreilles demeurent à demi couchées. Raoul ordonne :

— Amarok, tu restes ici.

Il désigne le seuil du doigt :

— Ici. Tu gardes, ici... *Stay!*

Amarok soupire profondément et s'assied exactement sur le seuil. Le trappeur laisse la porte grande ouverte. Il traverse rapidement le jardin puis la cour et entre à la cuisine.

Personne. Le feu ronfle dans la grosse cuisinière. La suspension éclaire la longue table de sapin luisante. La lumière de la lampe paraît plus vive que celle du jour livide qui pénètre par la fenêtre et la porte vitrée. Raoul pose son sac et sa pagaie, puis, sans lâcher sa carabine, il va ouvrir la porte qui donne accès au magasin.

— Catherine !

— J'arrive !

Catherine Robillard plante là ses clientes en lançant :

— Alban, viens servir à l'épicerie !

Elle atteint la cuisine en même temps que Stéphane. La grosse Justine patale derrière. C'est elle qui parle la première :

— Où il est ? Où il est, mon petit ?

Sa voix tremble. Ses joues tremblent. Ses mains aussi, crispées sur le tissu raide de la veste du trappeur qui la repousse doucement :

— T'inquiète pas, y risque rien.

— Où il est ? Dis-moi où il est.

Raoul ne s'occupe plus d'elle. Tourné vers sa sœur et son neveu, il braille :

Le clocher du village

— Vous avez vu ? C'est ces salauds de M.P. qui m'ont fait ça ? Bon Dieu, y vont payer.
Son arme à la main, il se dirige vers la porte. Catherine court et se plante devant lui.
— Reste là !
— Fous-moi la paix. Laisse-moi régler mes comptes.
— Tu les régleras aussi bien dans dix minutes. Ecoute ce que j'ai à te dire.
— Ecoute-la, dit Stéphane.
Raoul respire. Il se gonfle comme s'il voulait s'envoler.
— Alors ?
— Si tu y vas avec ça (elle montre le fusil), t'en tues un ou deux, et les autres te font ton affaire. Si tu y vas sans arme, ils te foutent la gueule en sang.
— C'est à voir !
— C'est tout vu. T'es peut-être solide, mais t'as plus de soixante ans et y sont six pas manchots. En plus, ils ont la loi pour eux.
— La loi...
— Ecoute-moi, maudit fou !
Catherine est redevenue soudain la sœur aînée ; la femme raide comme un pieu, devant qui tout le monde a toujours plié. Le métal de son regard luit, ses rides expriment la volonté, le besoin intense d'être entendue. S'approchant de son frère, elle l'empoigne par les revers de sa grosse veste et le secoue. Il y a dans ce geste tout l'amour que le regard et la voix se refusent à exprimer.
— Si tu vas là-bas, tu te fourres dans la gueule du loup. Sûr qu'ils veulent t'interroger. Ils nous ont *tous* interrogés. *Tous*. Seulement, laisse-les venir. Si ça se passe ici, ce sera autre chose.
Une flamme terrible traverse son œil alors qu'elle ajoute :

— Ici, c'est chez moi. Si quelqu'un doit prendre un fusil, c'est moi !

Raoul reste immobile. Il a seulement remis son arme à la bretelle et rejeté en arrière son grand chapeau. Un peu de sueur perle sur la partie de son front qu'il vient de découvrir. Catherine Robillard est parfaitement maîtresse de ses nerfs, elle conseille au trappeur de poser sa carabine et de quitter sa veste, puis, se tournant vers son fils, elle ordonne :

— Toi, tu vas téléphoner au père Levé que Raoul est rentré. Il s'arrangera pour avertir les autres. Quand tout le monde sera là, on leur fera savoir qu'ils peuvent venir.

— Tu veux dire à ces salauds que je suis là ?

Elle a un petit rire plein d'ironie.

— Et alors, tu voulais bien y aller. Tu penses tout de même pas que la moitié du pays va rester ici à attendre leur bon vouloir. Vaut mieux en finir. Personne n'a de temps à perdre. Et surtout pas moi.

Empoignant l'arme du trappeur, elle l'emporte et l'enferme dans le placard à balais. Avant de regagner le magasin, elle dit encore à Justine de mettre le couvert. Puis elle bougonne :

— Ma parole, on dirait bien que le monde va s'arrêter de tourner parce que la Police Militaire a décidé de nous emmerder. Je l'ai prédit cet été, dès qu'ils ont bâti à côté de l'office des Postes. Leur saloperie de baraque, c'est une boutique pour vendre de la mort-aux-jeunes comme je vends de la mort-aux-rats.

— Sûr que tu l'as dit, grogne Raoul. Tu l'as même crié un peu trop fort. Ça leur est revenu aux oreilles. C'est pour ça qu'on est tous repérés.

Stéphane s'est arrêté, la main sur la poignée de la porte. Il lance :

— Est-ce que vous croyez que c'est l'heure de vous engueuler ?

Le frère et la sœur ont, en même temps, un haussement d'épaules. Avant de suivre son fils, il faut cependant que Catherine ait le dernier mot :

— Ce grand niaiseux, parce qu'il a fait amitié avec des gars de la Police Montée dans le Grand Nord, pour un peu, il aurait défendu les M.P. Comme si c'étaient des gens de la même race ! A présent, voilà qu'il voudrait tout exterminer.

Elle sort avec Stéphane sans entendre Raoul qui grogne :

— Pas la peine de vouloir discuter avec toi...

Dès que la porte est refermée, Justine Landry s'approche du trappeur qui vient d'accrocher son chapeau et sa veste à côté de la porte donnant sur la cour ; elle demande d'une pauvre voix rongée d'inquiétude :

— Dis-moi où il est, mon petit gars.

— Je te le dirai pas. Personne doit savoir. Mais t'inquiète pas pour lui. Il est pas tout seul.

— Chez qui il est ?

— Tu le sauras pas, Justine. Personne le saura. J'ai donné ma parole de rien dire. Faut penser aux gens qui l'hébergent.

La grosse a un haussement d'épaules. Elle s'éloigne vers le vaisselier en traînant les pieds. Elle prend une pile d'assiettes qu'elle apporte en la pressant contre ses seins qui remontent. Elle pose les assiettes une à une et ce travail la ramène tout près de Raoul qui vient de s'asseoir à sa place habituelle et bourre une pipe. Il lève les yeux. Justine a un ricanement qui fait trembler les chairs de son visage et secoue drôlement son double menton. Elle demande :

— Tu veux que je te le dise, où il est ?

— Pas besoin. Je le sais, moi. J'en arrive.
— Ben, m'en vas te le dire tout de même.

Elle a un regard côté cour, puis côté magasin. Elle s'incline vers le trappeur et, à mi-voix :

— Il est à Val Cadieu. Sont plusieurs là-bas, qui se cachent. Et je peux te dire que tout le pays est au courant. Ça tardera guère que les M.P. le soient aussi.

9

La grande tablée des Robillard a fini de manger depuis plus d'une heure. Les amis sont arrivés. A mesure qu'ils entraient, Catherine, sa bru et Justine Landry leur servaient le café ou le thé et un petit verre de remontant. La grande cuisine est très enfumée. On s'est serrés sur les bancs et on a apporté les chaises de la cordonnerie. Quand une des portes du magasin tinte, un enfant va voir. Justine ou la femme de Stéphane vont servir puis reviennent vite. On parle à présent de tout et de rien après s'être entendus sur le comportement à adopter face aux M.P. Raoul vient de compter. Ça fait dix-huit personnes entassées dans cette pièce. Tout le monde est d'accord pour laisser à Catherine l'initiative des opérations. Mis à part le curé, tous ces gens ont quelque chose à la main ou à portée de la main. Le menuisier Gendreau, arrivé bon premier malgré ses courtes jambes et ses soixante-six ans, a posé sur la table la barre d'acier qui lui sert à faire sauter la courroie de sa raboteuse. Le métal est luisant comme de la glace. Les deux frères Gagnon, qui font le commerce des chevaux, ont la lanière de leur fouet passée derrière la nuque. Alban Robillard a sa grosse canne ferrée. Justine ne quitte guère des yeux le pique-feu. Deux bûcherons sont venus avec des haches. Un employé du chemin de fer avec sa masse à sonder les bandages. Bref, tous sont là avec un outil de travail qui n'a l'air de rien mais qui peut faire mal. Seul le vieux Bastringue, l'ancien tenancier de bordel qui vient de prendre sa retraite, est arrivé les mains vides. Il a avisé sur la table une bouteille en disant :

— C'est encore ce que j'ai utilisé le plus souvent.

Alban, qui semble le moins nerveux, conseille à Raoul :

— Ou bien tu amènes ton chien ici, ou bien tu vas l'enfermer. Si un M.P. passe par-derrière comme l'autre jour, il est capable de l'égorger.

— J'aime mieux l'enfermer, ces salauds seraient trop contents de lui tirer dessus.

A peine Raoul est-il de retour que la clochette du magasin tinte. Au même instant, un M.P. casqué vient se planter dans la cour, face à la porte de la cuisine. Il a sa carabine sous le bras.

Instantanément, le silence se fait. Alban ouvre la porte de communication et s'avance dans la boutique où l'on entend sonner les bottes. Il a à peine fait deux pas qu'une voix forte lance :

— Herman Raoul. On sait qu'il est rentré. On veut le voir.

— C'est pas bien difficile, dit Alban qui ajoute aussitôt, sur un autre ton : Oh là, doucement.

Catherine se précipite.

— Dites donc, c'est mon mari, que vous bousculez comme ça.

— Herman, où il est ?

Les poings sur les hanches, elle reste à barrer l'entrée.

— D'abord, on dit : « Bonjour madame. »

Le sergent de la M.P. a dû voir qu'il y a pas mal de monde. Il bougonne :

— Bonjour. Je veux causer à votre frère.

— Il est là avec des amis.

Le clocher du village

Elle s'écarte. Le sergent, qui est grand et maigre avec un long nez et une moustache brune, marmonne un mot d'excuse en passant devant Catherine. Il est suivi de deux de ses hommes. Tous trois ont un pistolet au ceinturon. Le sergent demande :

— Lequel c'est ?

Catherine se met à rire.

— On était justement en train de jouer aux devinettes. Faut trouver.

Le nez du sergent s'allonge encore. Son visage se crispe, tout tendu de colère. Il ne parle pas, il aboie :

— On est pas ici pour rigoler. Que le nommé Herman Raoul se lève et nous suive !

Catherine qui se tient légèrement en retrait du sergent fait un geste de la main. D'un seul mouvement, tous les hommes se lèvent.

— Ça suffit comme ça, hurle le sergent. Je suis là pour faire respecter la loi et je vous materai tous...

— Tais-toi, voyou !

C'est Catherine qui vient de crier plus fort que lui. Il pivote et se trouve face à elle. Ils doivent porter autant de colère l'un que l'autre ; la différence, c'est que l'homme tremble de la tête aux pieds alors que cette femme qui le foudroie du regard n'a pas un cillement. Dressée de toute sa taille, elle est presque aussi grande que lui qui rentre un peu sa tête casquée de blanc entre ses épaules. A les voir ainsi, on dirait qu'elle le domine de six pouces. Haut, mais d'une voix qui ne vibre même pas, elle dit :

— Je pourrais être ta grand-mère, et tu oserais me manquer de respect ? Tu as eu de la chance que je te tombe pas dessus quand tu es venu saccager l'antre de mon frère. Ici, mon petit, tu es dans la plus vieille maison de Saint-Georges.

Elle a un geste de la main pour désigner les gens assemblés là. Elle poursuit :

— Ce pays, c'est nous qui l'avons fait. Ceux-là et nous, et d'autres qui sont morts... comme mon petit Georges.

Là, sa voix a à peine chevroté. Elle redevient ferme aussitôt.

— Sans nous, ici où tu viens traîner tes bottes, y aurait rien. La loi, on t'a pas attendu pour la faire ! Et sans pistolets !

Elle avance d'un pas qui la porte à hauteur du sergent bien obligé de pivoter sur ses semelles pour ne pas se trouver face au mur. Catherine désigne son frère d'un geste. Appuyant sur le premier mot, elle reprend :

— Monsieur Raoul Herman, c'est lui. Si je l'avais pas retenu quand il a découvert ce que tu as fait chez lui, tu serais déjà refroidi.

Le sergent qui doit avoir vingt-deux ou vingt-trois ans a complètement perdu le nord. Il se tourne vers ses deux hommes qui sont plus petits et sans doute encore moins armés que lui pour faire face à Catherine. Il fait un effort considérable pour dire :

— Faut tout de même que je lui pose quelques questions.

— Si ce n'est que ça.

— Faudrait qu'il me suive au...

Raoul s'avance déjà au moment où sa sœur intervient.

— Qu'il te suive dans ta baraque alors que vous êtes bien au chaud ici avec de quoi vous rincer la gorge, tu rigoles. On va te laisser avec lui. Nous, on va continuer de s'amuser au magasin, avec tes deux petits camarades.

Les autres ont compris. Chacun prenant son outil en main, ils se hâtent vers la porte, poussant les deux M.P.

devant eux. Tout ça est comme un ballet bien réglé. Seul le curé n'a pas suivi le mouvement. Au contraire, il reprend place sur sa chaise et dit calmement :

— Allons, vous n'allez pas parler debout.

Raoul et le sergent s'installent face à face, chacun d'un côté de la table. Le père Levé est à côté du sergent. Pour une fois, ce petit homme si remuant semble habité d'un calme infini. Son visage maigre où les yeux sont perdus dans les rides n'est qu'un bon sourire. C'est lui qui parle le premier :

— Voyons, mes frères, nous ne sommes pas là pour nous déchirer. On dirait vraiment que nous ne sommes pas du même monde. Que nous serions... capables...

Comme il cherche un mot, Raoul se hâte de lancer :

— Dis donc, curé, t'as vu ce qu'ils ont fait chez moi ?

Le prêtre le calme d'un geste de sa petite main sèche dont le dessus est aussi hâlé et ridé que son visage.

— J'ai vu. Et sais-tu à quoi j'ai pensé ? Eh bien, j'ai pensé aux débuts. A l'incendie. A ton premier petit campe détruit. A tout ce que nous avons enduré. (Il se tourne vers le sergent et son œil se durcit.) Et je me suis dit : « Si après avoir tant lutté contre la nature il faut aussi se battre contre des hommes... »

Là encore, il cherche ses mots. Son émotion est visible. Le sergent qui avait baissé les yeux le regarde très gêné et commence :

— Mais, mon père, la loi...

Le prêtre l'interrompt. Durement, il réplique :

— Tu n'as que ce mot à la bouche. Abrité là-derrière, tu te crois le droit de tout faire. Eh bien moi, je peux te dire que si je m'étais trouvé ici quand tu es venu, je ne t'aurais pas laissé faire. Je veux bien que tu fasses respecter les lois de ton gouvernement, mais moi, je ne connais que celle de mon Dieu.

Sa petite main empoigne le crucifix qui pend sur sa poitrine et le soulève.

— La loi de Celui qui est mort pour nous apprendre la fraternité. L'amour. Et le respect de l'autre... A présent, je te laisse avec mon ami Raoul. Pose-lui calmement les questions que ton métier t'oblige à lui poser, il te répondra. Et n'oublie pas qu'il est ton frère... et que tu l'as déjà offensé.

10

Aussitôt le prêtre sorti, Raoul se met à rire en disant :
— Ce curé-là, mon vieux, c'est un phénomène. Est-ce que tu sais qu'il pourrait être évêque ? Il a toujours refusé du galon pour ne pas quitter Saint-Georges. T'en connais beaucoup qui feraient comme ça ?

L'autre l'a laissé parler, mais Raoul l'a vu qui se redressait sur son banc, qui sortait sa tête du col de sa tunique. Dès que le trappeur se tait, il s'empresse de dire d'une voix qu'il veut autoritaire :

— Ce qui m'intéresse, c'est de savoir où tu étais ces trois jours et avec qui ?

Raoul se durcit.

— J'étais loin. Et c'est bien dommage. Parce que si j'avais été là, t'aurais pas foutu mon bordel en l'air. Qu'est-ce que tu comptais donc trouver ?

— Je... On m'avait dit...

Il s'arrête soudain et bifurque. Il se rend compte qu'il a pris une mauvaise voie.

— T'étais à l'île des Morts avec celui qu'on cherche.

— Je croyais que c'était moi que tu cherchais ?

L'autre s'énerve. Son regard va de Raoul à la fenêtre, de Raoul à la porte du magasin et le trappeur ne peut s'empêcher de dire :

— Tu donnerais gros pour m'avoir dans ton poste, au bout d'une chaîne.

L'autre se lève comme si un clou chauffé à blanc venait de sortir du banc.

— Le poste, tu y viendras quand je voudrai. Et j'aime mieux te dire...

La porte s'ouvre et le prêtre paraît.

— Tu t'en vas déjà ? C'est bien. Mais il ne faut pas partir fâché.

Comme le sergent n'ose pas bousculer le père Levé pour passer, Raoul en profite pour lancer :

— Dis donc, puisque t'es si sûr que ça qu'on était là-bas, pourquoi t'es pas venu nous chercher ? C'est les morts qui t'ont fait peur ?

Le regard du sergent est à tel point meurtrier que Raoul croit un instant qu'il va porter la main à son pistolet. Mais non. Profitant que le prêtre s'écarte pour lui livrer passage, il rentre de nouveau sa tête entre ses épaules et fonce, le casque en avant, allongeant ses longues guibolles bottées de fauve. Ses deux hommes lui emboîtent le pas. Bastringue, avec des gestes comiques, se précipite pour leur ouvrir la porte qu'il s'empresse de refermer derrière eux.

— Vous pouvez faire les singes, ricane Catherine. A présent, c'est la guerre, avec ceux-là. Ils n'ont pas fini de nous emmerder.

— Tu leur as rivé leur clou, Catherine, observe Gendreau. Je crois au contraire qu'ils vont nous foutre la paix.

Il y a un long moment de confusion. Tout le monde parle en même temps. Puis, quand le calme revient un peu, Alban réussit à placer ce qu'il essaie de dire depuis le départ des policiers :

— En tout cas, ce qui est certain, c'est que quelqu'un

les renseigne. Ils savent tout sur l'Ile. Et je suis persuadé qu'ils savent où sont les jeunes.

Ils commencent à inventorier les gens les moins anciens de Saint-Georges, lorsque l'automobile du docteur vient pétarader devant la vitrine où elle s'arrête. Justine Landry, malgré la masse qu'elle doit déplacer, est la première à la porte. Le docteur Lemonnier entre. Lui non plus n'est pas ici depuis les débuts, mais il est le neveu du curé. C'est un gars de trente ans, solide, avec un regard doux qui donne confiance aux patients. Justine le laisse à peine entrer :

— Alors?

Les autres se rapprochent entre les rayons chargés de conserves et de paquets de sucre. Tous semblent reprendre l'interrogation de la grosse Landry. Le jeune médecin enlève ses lunettes qu'il essuie avec application pour s'accorder le temps de préparer son propos. Son oncle s'avance :

— Alors, tu as appelé Québec?

Le docteur fait oui de la tête, rechausse ses verres à monture épaisse.

— Ils l'ont opéré hier après-midi.

— Alors? répète Justine.

— Il n'a pas encore repris connaissance.

Le médecin soupire avec un geste évasif de ses mains potelées aux ongles courts. Tous les regards continuent d'interroger.

— Ce n'est pas très bon signe...

Il s'arrête. Il voudrait bien rassurer la mère de Timax, mais sans raconter trop d'histoires.

— A l'hôpital, si on n'a pas la chance de tomber sur le chirurgien, c'est toujours pareil, on ne sait rien.

Le prêtre tranche :

— Il nous reste à prier pour sa guérison.

Il marque un temps. Son regard va de son neveu à Raoul. Il reprend :

— Il faut s'attendre à ce que les M.P. durcissent leur attitude. Ils vont probablement recevoir des renforts par le train de demain.

Raoul est adossé à un montant d'étagère. Au-dessus de sa tête, comme posé en équilibre sur le sommet de son crâne, le gros éléphant à roulettes d'une réclame. Sur le ventre de l'animal, en belles lettres moulées : « Baby Talc. » Tout le monde fixe le trappeur, mais personne n'a envie de rire.

— Toi, conseille le prêtre, je crois que tu ferais mieux de passer le plus loin possible de leur officine de malheur.

— Tu voudrais tout de même pas que je foute le camp devant des gamins !

— Je ne te parle pas de t'en aller, mais...

— Alors, y seraient venus me retourner mon...

Catherine intervient sèchement :

— Taisez-vous. Ce n'est pas l'heure de discuter. De toute manière, Raoul ne peut pas coucher chez lui dans l'état où ça se trouve. Je me charge de le loger où personne ne viendra l'empêcher de dormir. Demain, on verra ce qu'on a d'autre à faire. Pour le moment, je trouve que cette histoire nous a assez fait perdre de temps.

Elle a un regard vers la porte pour appuyer son propos. Tous ceux qui ne sont pas de la maison Robillard quittent le magasin à la queue leu leu en disant qu'on peut compter sur eux. Alban les remercie. Quand ils sont sortis, Catherine lance :

— Allons, au travail !

Alban s'en va en clopinant vers sa cordonnerie, Steph regagne le rayon de quincaillerie où ses deux aides se sont déjà remis à ranger de l'outillage, la grosse Landry se dandine en direction de la cuisine. Catherine rejoint sa bru qui a filé vers la banque d'épicerie. Comme si elles avaient attendu la fin de cette séance, quatre clientes entrent par une porte, deux par une autre et le magasin général se remet à vivre.

Lentement, regardant les rayons comme s'il les découvrait, le trappeur va vers Steph en bourrant sa pipe.

11

A peine Raoul a-t-il ouvert la porte de son campe qu'une tornade en sort. Amarok est devenu fou.
— Amarok ! Amarok !
Le chien n'entend rien. Il n'est qu'un bloc de rage. Il fonce droit jusqu'à croiser une des multiples traces laissées par le M.P. qui a fait les cent pas dans la cour, devant la porte de la cuisine. Le nez au ras du sol, Amarok tourne, court, saute, revient, renverse une pile de caisses, bondit par-dessus des tonneaux.
— Amarok ! Ici ! Ici !
Raoul a empoigné un fouet dont la mèche claque trois fois. Amarok s'immobilise à l'angle de la maison. Poil hérissé, langue pendante, souffle rauque, il tremble. Raoul s'approche et pose un genou à terre. Il prend entre ses mains la grosse tête. Au fond de la gorge, roule un grondement. Le trappeur approche son visage. Au fond des yeux limpides luit une flamme terrible.
— Amarok. C'est des salauds. T'as raison, mon vieux. Mais faut attendre ton heure. Faut faire comme moi. Je te promets qu'un jour t'auras l'occasion d'en bouffer un.
Il lui parle longuement. Il empoigne à pleines mains ce poil huileux et secoue avec affection.

— T'es un vieux con... t'es un brave type. Tu vas te calmer.

La tête d'Amarok s'incline sur le côté et son regard luit autrement. Il lèche la barbe de Raoul. La grande fierté du trappeur, c'est l'intelligence d'Amarok qui comprend quatre langues : celle des chiens, l'eskimo, l'anglais et le français.

Amarok se calme, mais demeure tendu. Quand Raoul et Steph sortent pour boucler les portes du magasin et des entrepôts, il les suit pas à pas. Il flaire dans toutes les directions. On sent qu'il lutte pour ne pas foncer vers le local des M.P. Il tombe en arrêt au moindre bruit. A chaque instant il interroge du regard Raoul qui continue de lui parler à mi-voix.

Le brouillard est un peu moins dense qu'à midi, mais la nuit est laiteuse, épaisse, presque bonne à pétrir. On sent la lune pas très loin mais elle ne percera pas cette couche où s'ébauchent par moments des remous qui descendent entre les maisons et suivent l'avenue. Les passants sont rares. Ils crient bonsoir sans s'arrêter. Les vagues déferlent dans les lueurs tombant des fenêtres. Sur ce matelas douillet, le vent est endormi d'un sommeil agité.

Raoul et Steph sont sur le point de rentrer quand Amarok gronde. Le sabot d'un cheval et le roulement d'un char venant du nord approchent. Une forme se dessine bientôt en même temps que le petit œil orangé d'une lanterne de voiture se met à danser.

— Par là, ça peut venir que de Val Cadieu, observe Raoul qui calme son chien.

Il a à peine parlé que la grande gueule de Michel Koliare se fait entendre :

— Bouclez pas, on arrive ! On a des achats à faire !

— C'est l'attelage à la veuve Billon, dit Steph.

Ils s'avancent tous les deux sur le trottoir de bois et le char s'arrête à leur hauteur.

— Qu'est-ce qui vous arrive ?

Le grand Koliare saute pour aider la veuve Billon à descendre. L'Ukrainien porte une espèce de manteau sans col ni manches qu'il a taillé lui-même dans la peau de la première vache abattue à Val Cadieu. De même pour sa toque. C'est tout raide mais ça va très bien sur cette carcasse osseuse et longue à n'en plus voir le bout. Marceline Billon est petite et ronde avec un lourd visage où la lueur venue du magasin fait briller un duvet blond. C'est elle qui parle :

— Faut prévenir le docteur. Ils ont tabassé notre curé.

— Quoi ?

— On va vous expliquer, mais faut le prévenir tout de suite.

— J'y vais, dit Stéphane.

— Passe par-derrière, conseille Raoul.

— Qu'est-ce qu'il faut dire ?

— Il a la gueule en sang, lance Koliare. Et y peut pas marcher.

— C'est dans la hanche. On a peur que ce soit cassé, c'est pour ça qu'on l'a pas amené. Y souffre, le pauvre homme !

Steph file tandis que les autres contournent le bâtiment pour faire entrer l'attelage dans la cour. Dès qu'ils y arrivent, la porte de la cuisine s'ouvre et Catherine paraît, suivie par Justine. En chœur elles demandent :

— Qu'est-ce qu'il y a ?

— Ils ont cogné sur notre curé, lance le géant ukrainien dont la voix tremble de colère beaucoup plus qu'à son arrivée.

Ils entrent. Raoul referme la porte en disant :

— Amarok, ici. Tu restes ici.

Le clocher du village

La veuve Billon et l'Ukrainien répètent ce qu'ils ont dit dehors et Raoul ajoute :

— Steph est allé prévenir le docteur en passant par les jardins.

— Ça sert à quoi d'avoir le téléphone ? lance Catherine, furieuse. Ma parole, vous jouez à la petite guerre !

Les autres se regardent comme s'ils découvraient la lune.

— C'est vrai. On y a pas pensé.

Déjà Catherine est au magasin et tourne la manivelle. La sonnette tinte. On l'entend parler fort sans comprendre ce qu'elle dit.

— Et mon petit ? demande Justine.

— Ton petit, il était planqué. C'est pas lui qui a pris.

— Faudrait avertir le père Levé.

Alban Robillard qui est resté muet, appuyé sur sa canne, se hâte de rejoindre Catherine.

La femme de Steph s'inquiète pour son mari :

— Pourvu qu'ils le voient pas.

— Faut pas exagérer, fait Raoul. Y vont pas tabasser tout le pays !

Catherine revient :

— Alban va essayer de toucher le père Levé. Le docteur est pas là. Parti faire un accouchement sur le rang cinq. Ça peut prendre du temps.

— Seigneur ! gémit la grosse Landry.

— C'est pas l'heure de se lamenter, fait Catherine.

On entend la sonnette. Alban vient de raccrocher. Tout le monde se tait en attendant qu'il entre.

— Le père arrive tout de suite.

Koliare se met à raconter comment les choses se sont passées. Sont réfugiés à Val Cadieu cinq garçons en âge d'être mobilisés plus Gustave Clarmont qui ne se sent pas tranquille parce que les M.P. ont appris qu'il était venu informer les Robillard après la bataille de Timax et du sergent.

— Il y a des mouchards dans le pays. Et bien renseignés, encore! Mais savoir qui, c'est autre chose! Alors, notre curé a mis un gamin de garde dans le clocher. Ça change toutes les heures. Dès que le guetteur voit arriver une auto, il sonne la cloche. Si les jeunes sont là, ils foutent le camp au bois, et viens me chercher si tu me veux! S'ils y sont déjà, ils savent qu'il faut s'arrêter de cogner à la hache.

Tout le monde rit autour de la table où ils viennent de s'asseoir pour écouter le grand échalas qui gesticule dans sa peau de vache. Il a enlevé sa toque. Son crâne est pointu et luisant au milieu d'une couronne de cheveux jaunes et gris tout fous.

— Aujourd'hui, c'était la petite Denise Garneau qui venait de grimper. Certain qu'elle a l'œil, celle-là. Seulement, avec le brouillard, l'auto de ces salauds était presque arrivée quand elle l'a vue. Les jeunes étaient au bois avec nous. La gosse s'est dit que les M.P. allaient entendre les coups de hache. Elle a carillonné en veux-tu en voilà. Tellement que ces voyous ont entendu ça depuis leur maudite auto. Ils ont foncé chez le père. Ils ont dû vouloir lui faire dire où étaient les jeunes. Seulement, vous le connaissez. Y risquaient pas de le faire parler.

— Si tous les curés d'Abitibi étaient comme lui, dit Raoul.

— Faut pas trop se plaindre. On en connaît d'autres qui cachent des jeunes, dit Alban.

Tous approuvent. La veuve Billon précise :

— Même parmi ceux qui ont été les plus durs pour les colons, y en a qui le font. Paraît que ceux qui ont le téléphone se gênent pas pour empoigner la manivelle quand ils voient venir la voiture des M.P. Comme ça, ils se préviennent les uns les autres.

L'Ukrainien entame une histoire compliquée, mais la porte s'ouvre. Stéphane entre tout essoufflé, l'œil allumé de colère.

— Qu'est-ce qu'il y a encore ? demande Catherine.

— Le docteur est au rang cinq.

— On le sait, j'ai téléphoné.

Le regard de Stéphane s'éclaire d'une lueur de triomphe :

— Ça se peut. Mais nom de Dieu, je me suis pas dérangé pour rien... Je sais qui sont les mouchards !

Il marque un temps pour regarder tout le monde. Raoul et le grand Koliare ont la même réaction. Ils se lèvent lentement, les poings serrés. Le visage tendu.

— Qui ? demande Catherine.

Stéphane aspire une large goulée d'air, il a une espèce de grimace comme s'il avait encore du mal à croire ce qu'il va dire :

— Les frères André et Paul Perret.

Le silence se fait. Hochements de tête. On s'entre-regarde. On s'interroge. C'est finalement Catherine qui déclare à l'étonnement de tous :

— Rien de surprenant.

— Toi, alors, crie Raoul. T'as été la première à travailler avec eux !

— Des types qui vivent uniquement de trafic, observe Alban.

— Justement. Cette fois, ils n'auront plus rien à craindre des policiers. Pourront vendre tous les alcools qu'ils voudront...

— Comment tu le sais ? demande Raoul.

— C'est le petit de l'institutrice, dit Steph. Y jouait au policier derrière le poste des M.P. Il a entendu le grand

Perret qui disait : « Y cache des gars qui veulent pas être soldats. » Ce petit qui rêve que de ça, il a filé vers sa mère...

Le poing du grand Koliare, dur comme un nœud d'épinette, martèle la table.

— Dire que j'ai bu de leur gin. Mille tonnerres, j'aime mieux me passer d'alcool le reste de mes jours et pouvoir corriger ces salauds.

— Tu dis ça parce que tu sais qu'on t'en trouvera toujours, lance Catherine.

Ils se mettent tous à rire et c'est le moment que choisit le père Levé pour faire son entrée.

— Eh bien, dit-il, ça n'a pas l'air d'aller si mal !

Tout le monde veut parler en même temps et il faut que Catherine fasse acte d'autorité. C'est elle qui résume la situation. Lorsqu'elle a terminé, Koliare répète qu'il faut corriger les mouchards.

— N'allez pas faire de sottises, commence le prêtre, nous avons assez d'ennuis...

Cette fois, c'est Raoul qui intervient :

— Toi, Jules, mêle-toi de tes affaires.

Il a parlé durement. Il n'appelle le prêtre par son prénom que dans les grandes occasions. Il ajoute que les contrebandiers sont trois et qu'il ira avec Steph et Koliare, sans armes. Et que personne ne les empêchera de le faire. Comme le prêtre se dispose à répondre, Catherine le devance. Elle dit calmement :

— Si j'étais un homme, j'irais. Je n'aime pas qu'on se batte. Mais quand c'est pour purger le pays de la vermine, ma foi...

12

La veuve Billon est partie avec le père Levé qui a quelques notions de médecine. Avant de faire reculer son cheval, elle a sorti de dessous le siège de la voiture le fusil de son mari. Elle a dit :

— Craignez rien, si c'est nécessaire, je saurai m'en servir.

Le prêtre s'est signé en disant :

— Seigneur ! Sur quel navire vous m'avez fait embarquer !

Il ne plaisantait pas, mais les autres se sont mis à rire. Puis tous sont rentrés, sauf Raoul, Koliare et Steph qui se sont éloignés à travers le jardin. Raoul est allé attacher Amarok qui tremble de rage et miaule comme un chat. Raoul lui dit :

— *Stay !* Je peux pas t'emmener. Ça serait plus un acte de justice. Je te connais, ça tournerait à la boucherie.

La nuit est toujours la même. Seulement un peu plus sombre, comme si du café avait été mêlé à tout ce lait crémeux.

Les trois hommes vont d'un bon pas. Ils n'ont pas besoin de faire un grand détour. Il suffit qu'ils évitent le poste des M.P. Ils contournent par le haut la baraque toute neuve dont les deux fenêtres de derrière sont éclairées. Steph explique à mi-voix :

— Le petit était accroupi sous la fenêtre. Il y va souvent. Il écoute ce que les types disent, et il apprend à jouer au policier.

Koliare ricane :

— Le mien aurait joué à ça, je l'aurais calotté. Finalement, j'aurais peut-être eu tort.

Ils font quelques pas et Steph dit :

— Reste à espérer qu'il s'est pas trompé.

— T'inquiète pas, fait Raoul, on le saura tout de suite. Quand on entrera, laissez-moi parler. La seule chose que je souhaite, c'est qu'ils soient là tous les trois.

Koliare grogne :

— Seigneur Dieu de Justice, ne nous privez pas de pareille joie.

Ils prennent en direction de la Première Avenue qu'ils traversent à un endroit où ne la bordent que des jardins d'un côté et, de l'autre, le chantier d'un charron. Ils continuent leur descente jusqu'à la rive du fleuve d'où semble monter toute cette brouillasse qui noie la terre entière. Là, un chemin mal tracé serpente entre les buissons inclinés sur l'eau, et des peupliers qui s'égouttent sur le sol recouvert de feuilles mortes. Ils laissent sur leur gauche une grosse bâtisse dont trois fenêtres sont éclairées, puis ils marchent à peu près dix minutes avant d'en découvrir une autre, beaucoup plus petite. La porte vitrée et une fenêtre laissent couler de l'or dans la brume.

— Faut essayer de voir s'ils y sont les trois, souffle Raoul.

Le trappeur continue seul, silencieux comme une ombre. Il avance jusqu'à la porte. Les vitres noircies par la fumée du poêle et très embuées permettent à peine de voir. Raoul colle un œil. Il distingue deux formes assises

Le clocher du village

face à face à une table et cherche la troisième. Il reconnaît la voix du grand Perret :

— Si on peut pas acheter à Williams, faudra voir avec Georges.

— Il a toujours été plus cher.

— On s'en fout, on augmentera.

La troisième forme vient s'asseoir, le dos tourné à la porte. Raoul lève le bras et fait signe d'approcher. Il entend encore :

— Demain, j'irai lui téléphoner. Je lui expliquerai.

Raoul touche Steph et tend la main vers la droite. Il touche l'Ukrainien et montre la forme qu'on voit de dos. Les deux font oui de la tête. Alors, prenant son souffle, il lève le loquet et pousse la porte d'un coup d'épaule. Les trois hommes sursautent. Raoul crie :

— Les M.P. vous ont donnés. Y a vingt types autour. Si vous cherchez une arme, vous êtes foutus.

C'est Paul Perret qui était de dos. Un grand avec des épaules un peu voûtées et un curieux visage de poupon mal fini. Nez retroussé et grosses pommettes. Il pleurniche :

— C'est pas vrai. Les M.P. on les connaît même pas.

— Menteur. Vous leur vendez de l'alcool.

— C'est pas vrai, crie l'aîné des frères André.

— Alors, lance Raoul, qu'est-ce que celui-là foutait chez eux hier après-midi ?

Perret répond trop vite :

— Ils m'avaient emmené pour me faire dire à qui je vends...

— Et t'as parlé du curé de Val Cadieu...

— C'est pas vrai !

L'homme s'est mis à trembler. Il a pâli. Son nez se pince.

Le grand Koliare gueule :

— On te fera parler à coups de couteau.
Son visage est terrible. L'autre bégaie :
— Y m'ont menacé. Ils ont dit qu'ils nous feraient pendre tous les trois.
L'Ukrainien triomphe :
— Salaud, c'est bien toi.
Les deux frères André se ressemblent, avec leur nez en bec d'aigle et leurs yeux noirs. Ils doivent être moins stupides que l'autre. Raymond crie :
— Je sais pas de quoi y parle...
— Ta gueule, fait Raoul. Y a personne dehors. Vous êtes trois, nous aussi, défendez-vous.
Perret étend la main en direction de son couteau posé sur la table. Il n'a pas fait la moitié du chemin que la botte de l'Ukrainien lui fauche les deux pieds. Dans sa chute, il vire sur le côté et l'autre semelle de Koliare le cueille sous le menton. Ça fait clac ! un grand coup et Perret s'étale, les bras en croix. Les frères André ont réagi tous les deux de la même manière, en visant la porte de derrière, mais Steph est rapide. Il y est avant eux et son poing droit écrase le nez du premier qui se présente. L'autre fait demi-tour. Au passage, il empoigne une bouteille sur la table. Il en brise le cul sur le fourneau.
— Le premier qui avance, je lui laboure la gueule.
Raoul, d'une voix presque implorante :
— Laissez-le-moi...
Il empoigne le dossier de la chaise la plus proche. La levant devant lui, il fonce sur l'homme qui n'a pas le temps d'esquiver et se trouve coincé contre le mur, prisonnier des quatre pieds et des barreaux, avec son tesson de bouteille qu'il brandit dans le vide. Son bras est trop court pour être dangereux et le pied de Raoul cogne fort dans le bas-ventre du gars qui ouvre une bouche immense :

Le clocher du village

— Oh... Oh... Oh...

Sa main lâche le goulot, ses yeux se révulsent et sa tête tombe en avant. Raoul retire la chaise et le type s'affaisse en portant ses mains à son ventre.

Le moins abîmé est celui que Steph a étendu d'un coup sur le nez. Raoul l'empoigne par le devant de sa chemise et le soulève à moitié. Deux gifles lui font ouvrir les yeux. Son nez pisse comme une source.

— Ecoute-moi, dit le trappeur. Demain, y a un train pour Québec. Vous le prenez tous les trois. T'as compris ?

Le gars fait oui de la tête et Raoul ajoute :

— On sera à la gare. Si vous partez pas, vous y laissez votre peau tous les trois. Tu peux aller raconter à tes copains de la M.P. ce qui vient de se passer. On s'en fout. C'est toute la ville que vous avez sur le dos. Toute la ville. Puis faudra jamais oublier ça : l'Abitibi, c'est une terre qu'on a faite, nous autres. C'est pas un pays pour les vendus !

Il lâche la chemise. Les fesses de l'autre retombent lourdement. Raoul essuie sur l'épaule de l'homme le sang qui a coulé sur sa main.

13

Au retour, les trois hommes n'ont plus envie de se cacher.

— Je me demande pourquoi on a fait un détour, dit Raoul. Après tout, personne peut nous empêcher de nous promener.

Dans la brume, de larges déchirures se dessinent. De longues écharpes de cendre et d'or s'enroulent autour des maisons.

— Je serais d'avis de passer boire une bière, propose Koliare.

— Tu préfères pas du gin de contrebande?

Ils rient. Cette danse rapide les a soulagés.

— Vaut mieux pas s'attarder. Si le docteur vient...

— T'as raison ; si je peux embarquer avec lui, ça m'évitera de rentrer à pattes.

— De toute manière, annonce Raoul, je fais mon sac et je pars avec toi. Je veux pas laisser les jeunes. Si jamais faut qu'ils prennent la forêt, je veux être avec eux.

En vue du bar dont les six fenêtres sont éclairées, l'Ukrainien part comme un trait :

— Je vous rejoins.

Comme si la brume de lumière le soulevait soudain, il

s'enlève sur ses longues guibolles, saute le trottoir de bois et atterrit contre la porte.

— Celui-là, il aurait pu être clown !

Koliare ouvre et braille :

— Oh ! Clarmont, t'as le bonjour de ton gars ! Je voulais juste te dire ça et puis que tu devras chercher d'autres fournisseurs. Figure-toi que je m'étais mis à danser, voilà que ce pauvre Perret a rencontré ma botte.

Il y a un grand rire des buveurs avec des appels pour inviter l'Ukrainien qui referme la porte en criant :

— Prochaine fois... J'ai pas le temps !

Il rejoint ses amis en courant. Il frotte l'une contre l'autre ses mains rêches :

— Je suis tout de même rudement content de pas avoir manqué ça. Mon seul regret, c'est que ça n'ait pas duré un petit peu plus.

Ils font quelques pas en silence. Chacun doit revivre pour soi ce qui vient de se passer. Puis Raoul dit :

— Oublie pas, Steph. T'iras à la gare pour voir si ces fumiers foutent le camp.

— Je risque pas de rater ça.

— Faut pas y aller tout seul. Avec des voyous de cette espèce, on sait jamais.

— C'est pas le monde qui manquera pour venir avec moi. A présent, je crois que tout le pays est dans le bain.

Arrivés chez Robillard, ils se mettent à raconter leur expédition, mais Catherine les interrompt très vite :

— C'est bien beau de nous avoir débarrassés de cette vermine, seulement, faudrait pas en faire une affaire d'Etat. Y a rien de glorieux là-dedans. Faut pas le raconter comme une partie de plaisir !

Se tournant soudain vers sa bru et vers les quatre garçons qui écoutent bouche bée, elle lance :

— Qu'est-ce que ça fiche encore là, tout ça ? C'est pas

des affaires de leur âge. Allez, montez-moi ce petit monde au lit !

L'aîné file en silence vers la porte qui donne sur l'escalier ; mais le second grogne :

— Je veux savoir ce qu'ils leur ont fait.

Sa mère le tire. Il résiste.

— Je veux savoir, je te dis !

Comme Catherine amorce un mouvement dans sa direction, il rattrape son frère. Arrivé à la porte, il se retourne pour crier :

— Je le saurai à l'école !

— Vas-tu filer ! crie Steph.

Mais le garçon résiste encore à sa mère le temps d'ajouter :

— Quand j'aurai l'âge, j'irai à la guerre. Puis y aura personne pour m'en empêcher.

Stéphane va aider sa femme et claque la porte. On entend encore crier dans l'escalier, puis la galopade fait vibrer le plafond. Catherine lance un regard noir à son frère :

— T'es content, hein ! C'est ton préféré, celui-là. Y te ressemble. T'essaieras de lui apprendre à donner des coups de poing, espèce de voyou. C'est à moi que t'auras affaire !

— Pas besoin de lui apprendre, y sait déjà...

La sonnerie du téléphone interrompt Raoul. Stéphane se précipite vers le magasin et Koliare crie :

— Si c'est le docteur, dis-lui de passer me prendre.

La sonnerie n'est pas encore interrompue que déjà le trappeur va chercher son sac resté dans un angle de la pièce. Il le lance sur la table.

— Faut me donner du rechange en vitesse, Catherine. Je peux pas retrouver mon linge dans le bordel qu'ils ont foutu chez moi.

Sa sœur se plante devant lui, les poings sur les hanches :
— Je peux savoir où tu vas ?
— Dans le Nord.
— A la trappe, peut-être ?
— Naturellement.
— C'est déjà la saison ?
— Pas loin.
On sent qu'elle se retient pour ne pas exploser. Ses lèvres se pincent. Ils se regardent un moment dans les yeux. D'une voix très douce, Raoul dit :
— Me fais pas perdre du temps.
Et il se met à déballer son fourbi sur la table. Un ton plus haut, Catherine lance :
— Oui ou non, est-ce que je peux savoir ce que tu vas faire en pleine nuit, à cette saison, dans la forêt ?
Raoul se tourne vers elle :
— C'est peut-être pas la bonne saison, mais si t'as pas compris que la chasse est ouverte, c'est que tu vieillis, ma pauvre Catherine. Est-ce que tu te figures que je vais laisser les jeunes se faire ramasser comme des rats musqués ?
La grosse Justine qui n'a encore rien dit se précipite :
— Oh oui, Raoul, faut y aller. Tu vas pas les laisser tout seuls.
Elle joint sur sa poitrine ses grosses mains rouges de blanchisseuse et se tourne vers Catherine :
— L'empêchez pas de partir, madame Robillard. Pensez à mon petit. Puis à tous les autres.
Catherine a déjà ébauché un mouvement vers le magasin, elle éclate d'un rire un peu forcé et se retourne pour lancer :
— Ma pauvre Justine, ça fait plus de quinze ans que tu es chez nous, et t'as pas encore compris que celui qui mène tout, c'est lui. T'es comme les autres, tu crois que c'est

moi. Eh bien non! C'est celui-là. Si on est arrivés les premiers sur cette foutue terre de sauvages, c'est parce que ce cinglé du Nord nous y a amenés. En plein début d'hiver encore!

Elle s'interrompt. Stéphane entre en annonçant que le médecin sera là dans un quart d'heure. Catherine disparaît. Raoul continue de vider son sac. Il met à gauche ce qu'il veut laisser et à droite ce qu'il emportera. Les autres le regardent, comme gênés de n'avoir rien à faire. Lorsque Catherine reparaît, elle porte sur son bras du linge neuf pris dans les rayons du magasin :

— Allons, Steph, reste pas là comme un manche à balai. Va lui chercher de quoi se nourrir.

Avec un sourire en direction de Catherine, Raoul ajoute :

— Oublie pas Amarok!

— Justine, donne-lui la main.

Ils disparaissent et Catherine grogne :

— Tous empaillés, ma parole!

Elle pose les maillots, les caleçons et deux tricots de laine sur la table. Son visage essaie d'être dur, mais la colère est restée en surface. Au fond de son regard, quelque chose de très chaud rayonne. Comme si son frère qu'elle évite de regarder était déjà loin, elle s'adresse à son homme et au grand Koliare qui se tiennent prudemment en retrait sans souffler mot :

— Quinze ans, il a! Quinze ans, et je suis large. Y veut pas que les jeunes partent à la guerre, mais lui, y va les emmener jouer aux Indiens. Aux gendarmes et aux voleurs. Il a fait que ça toute sa vie.

Elle semble vouloir se tourner vers Raoul mais se ravise pour ajouter :

— Et vous verrez qu'il donnera raison à notre pauvre mère : finira gelé ou noyé!

Le clocher du village

Raoul s'est mis à ranger son linge dans son grand sac. Sa sœur se dirige vers lui. Elle l'empoigne par le devant de sa chemise à carreaux noirs et verts ; l'obligeant à lui faire face, elle le secoue du plus fort qu'elle peut. On ne sait pas si sa voix tremble de joie, de colère ou d'angoisse. Peut-être des trois à la fois.

— Est-ce que ça t'arrive encore d'y penser, à notre pauvre mère ? Dis, espèce de grand vaurien. Quand t'es à courir au fond de ta maudite forêt du Nord, est-ce que tu y penses ?

Tendrement, le trappeur murmure :

— Voyons, Catherine...

Alban les observe puis sourit à l'Ukrainien. Ses yeux bruns luisent bien plus que d'habitude.

Justine et Stéphane reviennent. Chacun porte un couvercle de caisse chargé de boîtes de conserve, de marmelade, de poisson séché, de riz et de fèves, de sacs de farine, de fruits secs, de sucre, de sel, de chocolat. Steph tient sous son bras un sac vide et Koliare se précipite pour l'aider. Catherine a lâché la chemise de son frère. Elle murmure :

— Essaie de ne pas faire l'imbécile, va.

Il y a une infinie tendresse dans sa voix qui, tout de suite, redevient dure lorsqu'elle ajoute :

— Si vous devez vraiment foutre le camp vers le Nord, ce sera tout de même pas cette nuit. On vous fera passer ce qu'il faudra. On est là pour ça... Comme toujours.

— Je reviendrai avec la voiture, propose Koliare.

Ils hésitent un instant avant de rire, puis Catherine dit :

— Et voilà ! Mon pauvre Alban, je commence à comprendre pourquoi cet énergumène nous a tant poussés à monter un magasin général !

14

L E médecin a reculé sa voiture le plus près possible de la porte de la cuisine. C'est une énorme Chevrolet où pourraient aisément prendre place sept ou huit personnes. Il prête la main au chargement des sacs.

— Vous pouvez y aller, elle est solide.

— Je sais que c'est pas du léger, observe Raoul, ils ont eu assez de peine à la descendre du wagon.

— Elle est pas d'hier, mais je vous dis qu'elle va durer encore des années.

Ils chargent trois énormes sacs de toile, plus le sac à dos du trappeur. Stéphane est parvenu à retrouver, dans l'antre de son oncle, les sacoches de bât d'Amarok. Ils les ont bourrées elles aussi et, dès que le chien voit qu'on les met dans la voiture, il bondit et s'installe à côté.

— Bien malin celui qui le ferait descendre, dit Raoul.

Catherine et Justine apportent un rouleau de couvertures ficelées de chanvre ; Stéphane deux paquets de pièges et six paires de raquettes.

— Je te vois parti pour un bout de temps, remarque l'Ukrainien.

— Ça peut nous mener loin.

Justine s'approche de Raoul et lui donne un petit paquet.

— Pour mon Timax. Puis tu lui dis... tu lui dis bien...

Sa voix s'étrangle. Un gros sanglot qu'elle devait retenir depuis un moment crève d'un coup. Catherine la prend par le bras.

— Allons, Justine, allons...

— J'ai eu trop de malheur...

Raoul l'entend à peine. Il monte à l'arrière avec son fusil de chasse et sa carabine. La portière claque. L'Ukrainien s'installe à côté du médecin qui vient de tourner la manivelle et se hâte de monter pour accélérer. Le moteur gronde.

— Voyez : ça part au quart de tour — mais faut la connaître. Un qui ne serait pas habitué, avec la compression qu'il y a, il se ferait casser un bras comme une allumette.

L'automobile démarre lentement, contourne l'entrepôt et s'engage dans l'avenue. Il n'y a pas âme qui vive. Bon nombre de maisons sont déjà endormies. Elles sortent l'une après l'autre du brouillard pour avancer dans la lueur cotonneuse des phares.

A la sortie de la ville, un chien bondit d'un jardin en gueulant. Il suit longtemps la voiture. Amarok se contente de grogner en le regardant avec mépris.

A mesure qu'ils s'enfoncent dans la forêt, le brouillard s'épaissit encore. Ils roulent lentement, sans échanger un mot. Ils fixent ce chemin qui semble buter à chaque tour de roue contre une muraille de plâtre. La température doit être un peu au-dessous du gel, l'herbe des talus et les basses branches sont déjà chargées de givre.

— C'est droit tout du long, fait Koliare.

— Je sais bien. Seulement, les trous, on les voit quand on a le nez dedans.

Ils sont secoués et l'Ukrainien ne cesse de grogner.

Ils mettent plus d'une demi-heure pour atteindre Val

Cadieu. La cure est la première bâtisse du rang, sur la droite, quelques mètres en retrait, presque adossée à l'église. C'est l'absence d'arbres qui leur indique sa présence. La voiture tourne. A cause du brouillard, on jurerait que le clocher a été tronqué aux deux tiers de sa hauteur. Martin Garneau et Ferdinand Rossel apparaissent dans la lumière des phares. Le moteur s'arrête. Koliare descend le premier :

— Comment il est ?

Les chiens du rang se mettent à tirer sur leurs chaînes en aboyant. Flairant de tous côtés, Amarok reste silencieux.

— Pas bien vaillant ! Le père Levé lui a bandé la tête. Pour sa jambe, il a rien pu faire.

— Il a du mal à causer, ajoute Rossel.

— S'il en a envie, dit le médecin, c'est déjà bon signe.

Les phares éteints, ils sont dans la seule lueur de la fenêtre que tamise le brouillard. Le docteur prend dans la voiture une petite mallette ventrue dont les fermoirs de cuivre brillent. Rossel ouvre la porte et s'efface :

— Je reste dehors. Va avec eux, Martin. Dis donc, Raoul, ton loup va pas me dévorer ?

— Y te défendrait plutôt. Moins féroce que certains hommes !

Ils entrent dans une grande pièce encombrée de deux longues tables, de bancs et de chaises. Une grosse suspension centrale laisse les recoins dans la pénombre. Quatre hommes et deux femmes qui se tenaient près d'un gros fourneau à deux ponts se lèvent et s'avancent dans la clarté. Koliare va droit à une porte tout au fond de la pièce et l'ouvre tandis que Cyrille Labrèche lance de sa voix éraillée :

— On aurait bien le temps de crever vingt fois !

Personne ne lui prête attention.

Le clocher du village

Raoul, l'Ukrainien et Garneau entrent dans la chambre derrière le médecin. Une forte odeur d'iode se mêle à celle de la lampe à pétrole posée sur la table de chevet recouverte d'un petit napperon bien blanc bordé de dentelle. Elle éclaire une grosse boule de bandes d'étoffe d'où sort un nez violacé serti de sang bruni. L'œil droit très clair remue, la paupière bat. L'œil gauche est fermé, tuméfié, énorme et rouge avec des auréoles violacées.

Le père Levé se penche vers le blessé et annonce :

— Voilà mon neveu. C'est un meilleur médecin que moi. Il va te guérir.

La veuve Billon et Charlotte Garneau sont là également, mais Raoul ne voit que ce nez et cet œil. Il grogne :

— Les salauds ! C'est eux qu'on aurait dû corriger.

— Ça tardera pas, lance l'Ukrainien.

— Taisez-vous, ordonne le père Levé. Allez attendre à côté.

La main droite du prêtre blessé se soulève et fait un geste pour remercier. Son œil va de Koliare au trappeur et, à travers l'épaisseur du pansement, sa voix essaie de percer.

— Il vous dit merci, fait Charlotte qui apporte une cuvette d'eau fumante. Allez, laissez-nous, à présent.

Les trois hommes regagnent la salle de catéchisme où les autres ont repris place près du poêle.

Ils demeurent un moment silencieux, à s'interroger du regard. Labrèche s'agite sans arrêt sur son siège. Son visage et ses mains sont comme s'il était en grande discussion mais il n'émet qu'un chapelet de gloussements étouffés. Koliare répète :

— C'est ces salauds-là qu'il faudrait corriger.

Labrèche explose, il se met à crachoter. Ses gestes deviennent plus saccadés, il se lève pour s'exprimer plus à l'aise. Il s'approche de l'Ukrainien comme s'il allait le frapper.

— Corriger à coups de fusil. C'est pour ça que je voulais aller avec Marceline. Vous m'avez empêché. T'as voulu y aller à ma place. Vous avez rien fait. Si y en a pour venir avec moi, je suis prêt à partir tout de suite. Le temps de prendre mon fusil.

Koliare reste impassible sous le déluge de paroles et l'averse de postillons. Comme Cyrille se tourne vers les autres, Martin Garneau lève lentement sa grosse main. Son visage lourd, un peu empâté, est à l'opposé du paquet de nerfs qu'est Labrèche. Sa voix grave, un peu rocailleuse, est aussi en parfait contraste avec la crécelle de l'excité.

— Gueule moins fort et va t'asseoir.

Ravalant son discours mais toujours agité, Labrèche regagne sa place.

— Va pas les chercher, ajoute Martin. Y sauront bien venir. Et toi, t'auras besoin de te tenir à gauche.

Cyrille va répliquer mais l'Ukrainien le devance et raconte de quelle manière ils ont corrigé les mouchards. Quand il dit comment Catherine Robillard a réagi, les femmes hochent la tête avec admiration.

— J' l'ai toujours dit : c'est quelqu'un, cette femme-là ! fait Jeanne Koliare.

Puis, se tournant vers son homme, elle l'examine de la tête aux pieds en demandant :

— T'as pas pris de coups, au moins ?

L'Ukrainien éclate de rire. Bondissant de sa chaise, il lance sa jambe si haut que sa botte frôle le plafond.

— Ça s'est fait trop vite.

A présent, les voilà tous partis à parler en même temps. Ils évoquent la guerre en Europe, les mauvaises raisons d'un gouvernement qui avait promis qu'il n'y aurait jamais de conscription et qui vient de revenir sur ses engagements.

Un nommé Talon, qui a repris le lot abandonné par Pinguet parti aux mines, parle de son fils de vingt et un ans :

— Jamais y partira.

— Le mien non plus, dit Garneau.

Ils l'ont répété cent fois. Ils continuent de le dire pour se convaincre. Puis Pinguet, qui semble un homme calme et solide, raconte ce qu'il a vu en 39, un jour qu'il s'était rendu à Québec :

— Les chômeurs en avaient tellement marre de crever de faim qu'ils faisaient la queue pour s'engager dans l'armée. La queue pour mourir, c'est un comble !

— Le pire, observe Garneau, c'est qu'il y a sûrement des pères de famille qui sont partis comme ça, pour pas que leurs gamins crèvent de faim. C'est eux qui vont crever.

— Ce que vous oubliez, dit Labrèche, c'est que ceux qui étaient en âge et qui voulaient pas s'enrôler, on leur retirait les secours.

— C'est pourtant vrai, approuve Garneau. Ceux-là s'engageaient pour pas mourir, seulement pour bouffer.

Ils discutent ainsi, revenant sur la grande crise que seule la guerre en Europe est parvenue à juguler. Ils s'excitent, puis se calment en se montrant mutuellement la porte de la chambre.

Enfin, cette porte s'ouvre. Le médecin sort avec sa mallette. Derrière lui vient le père Levé dont la main osseuse frotte le menton pointu. Charlotte suit avec la cuvette, puis vient Marceline Billon qui referme avec précaution, et va poser par terre, près du poêle, un paquet de bandes tachées de sang. Tous les regards interrogent le jeune médecin qui explique :

— A part une dent, il n'a rien de cassé. Mais il en a pour un moment à se remettre.

— Et sa jambe ?

— Je pense pas qu'il y ait de fêlure. Un très gros hématome. D'ici deux jours, ça devrait commencer à désenfler.

— Y dort ?

— Vous en faites pas, je lui ai donné de quoi le faire dormir un bon bout de temps.

Le visage poupin s'éclaire d'un large sourire et le médecin ajoute :

— Entre cet accouchement qui n'en finissait plus et cette affaire-là, je n'ai rien absorbé depuis ce matin. Même pas un verre d'eau.

— De l'eau, s'exclame Koliare avec une grimace, si on vous donnait de l'eau, c'est pour le coup qu'il faudrait appeler un médecin sérieux !

Tout le monde entre en ébullition.

— Doucement, doucement, ordonne le prêtre.

— On va aller chez moi, propose Marceline Billon. J'ai de quoi faire.

Ils sortent. Le brouillard glacé les enveloppe. Chaque bouche y ajoute son petit nuage éphémère. L'herbe craque sous les pieds. Les buissons courbent l'échine sous le givre. Garneau va vers Rossel qui se souffle dans les doigts.

— Viens avec nous te réchauffer. Ces fainéants-là risquent pas de mettre le nez dehors par un temps pareil.

Tout le monde approuve. Ils attendent que le docteur ait mis son auto en marche, puis partent derrière, regardant la lueur des phares s'éloigner en dansant par-delà les remous que la haute carrosserie dessine en ouvrant sa route dans l'air épais. Raoul entre le dernier

Le clocher du village

chez la veuve Billon. Sans qu'il soit besoin de lui dire un mot, Amarok s'assied devant la porte et se met à épier la nuit, écoutant les chiens du rang qui se sont remis à gueuler.

15

Ils ont tous bu et mangé chez Marceline Billon qui loge trois jeunes dans sa grange. Puis le curé et son neveu sont repartis dans la voiture dont la pétarade a longuement déchiré la nuit. Les chiens de Val Cadieu se sont encore remis à gueuler. Amarok silencieux s'est collé contre la botte de son maître en secouant sa toison couverte de givre.

Il est près de trois heures du matin. Le brouillard semble vouloir se dissiper un peu.

— Le nordet va prendre, prédit Raoul. Y va chasser tout ça et amener du froid.

Il marche à côté de Cyrille Labrèche qui réplique :

— Toi, t'as toujours aimé l'hiver. Je déteste pas, mais en octobre, je trouve que ça fait tôt.

Dès qu'il a vu la direction qu'ils prenaient, Amarok a filé devant. Il a contourné la maison qui semble toute neuve avec ses planches bien jointées.

— Y va droit sur l'écurie, ton chien.

— Il a senti le costaud. C'est normal.

L'écurie est derrière. On devine qu'elle a été bâtie en deux fois. Amarok flaire sous la porte avec un tout petit gémissement. Dès que Cyrille ouvre, il se précipite et lèche le visage de Timax qui grogne.

Le clocher du village

— Attends que je trouve ma pile, dit Cyrille.
Il allume sa torche électrique.
— C'est Steph qui me l'a vendue. C'est bien commode. Puis avec le fourrage, on risque pas de foutre le feu.
Timax a réalisé. Sa couverture vole. Il est debout, en caleçon. Le poil de son torse brille comme givré. Le chien se dresse contre lui, Raoul ordonne :
— Couché!
Aussitôt, Amarok s'allonge sur la paille. Il flaire en direction d'une autre forme qui vient de se tourner en soupirant.
— Il a le sommeil robuste, Gustave, dit Cyrille.
Timax demande :
— T'as vu ce qu'ils ont fait au père?
— Naturellement, j'ai vu.
Comme si les autres n'étaient pas là, Cyrille dirige le faisceau de lumière vers le fond, où l'on entend remuer. C'est de là que viennent la chaleur et l'odeur. Une vache à l'attache hoche la tête. Plus loin, la croupe d'un cheval luit. Son gros œil accroche une lueur. Le faisceau descend vers un enclos de planches où sont trois chèvres. Cyrille s'inquiète :
— Et ton chien? Y va pas me tuer mes biques?
— Y couche dehors.
— Y va pas aller faire gueuler les autres?
— Bougera pas d'un pouce!
Raoul rouvre la porte et fait sortir Amarok. Toujours nu, Timax le harcèle sans se soucier de Labrèche :
— Est-ce que le docteur est venu?
Raoul le rassure.
— T'as vu ma Gisèle?
Agacé, le trappeur lance :
— Non. Et j'ai pas vu son père non plus. Ceux-là, y

veulent pas d'ennuis. Certain ! T'inquiète pas pour eux. Y feront comme s'ils te connaissaient pas.

Le costaud soupire. Il demande encore :

— Qu'est-ce qu'il a exactement, m'sieur le curé ?

Raoul explique et Timax s'inquiète :

— Un hématome, c'est plus grave qu'une jambe cassée ?

— Mais non, c'est une grosse boule qui s'en ira d'ici quelques jours.

— Tout ça, c'est de ma faute. Et moi, j'étais au bois avec les autres quand ces fumiers-là sont venus ! J'étais même pas là pour défendre le père.

— Mon pauvre gars, qu'est-ce que t'aurais pu faire contre des revolvers ? Ils souhaitent qu'une chose, c'est te mettre la main dessus pour te tabasser et te foutre au trou.

— Tabasser, c'est à voir.

— Tais-toi donc ; depuis qu'on a inventé la poudre, y a plus d'hommes forts.

Labrèche se remet à gesticuler et à crachoter :

— Il a raison. On voulait y aller, à Saint-Georges. C'est Charlotte et les autres qui nous ont empêchés. Si on corrige pas ces salauds, on n'est pas des hommes !

Il braque le faisceau de sa lampe sur un fusil accroché aux planches, au-dessus de sa couchette.

— La poudre, on en a aussi, nous autres !

Raoul élève la voix :

— Taisez-vous tous les deux. Si vous êtes mabouls, je m'en vais coucher chez Garneau.

Il a posé son sac et ses armes. Le reste est demeuré chez la veuve Billon. Il empoigne l'épaule nue et chaude de Timax dans sa grande main et serre fort.

— Ça sert à rien de s'énerver. C'est comme ça qu'on fait des conneries. Et c'est sûrement ce qu'ils attendent. On parlera de tout ça demain.

— Ma mère, t'es certain qu'ils vont pas s'en prendre à elle ?

— Ta mère, elle va loger chez ma sœur. S'ils vont la voir, y seront bien reçus.

En parlant, il a cherché dans son sac. Il tend à Timax un cornet en papier.

— Tiens, elle m'a donné ça pour toi.

Le garçon prend le cornet qu'il ouvre aussitôt pour y plonger sa grosse patte. Il tire une poignée de bonbons et en propose aux autres qui refusent.

— T'es fou, dit Labrèche, ça fait tomber les dents. J'en ai déjà plus guère.

Le garçon se met à croquer ces gros bonbons roses.

— En tout cas, dit Raoul, on a débarrassé le pays d'une belle nichée de rats galeux.

Il raconte une fois de plus leur expédition chez les contrebandiers.

— Ceux-là, fait Timax, je les ai jamais aimés.

— A présent, va te recoucher, et laisse-moi de la paille.

Le trapu regagne son coin avec ses bonbons.

— La paille, c'est pas ce qui manque dans ce palais.

Cyrille les éclaire un instant puis se dirige vers sa couchette de planches fixée aux rondins du mur et aux poutres de la toiture. C'est une sorte de longue caisse que le frottement a lustrée en certains endroits. Elle semble pleine de peaux de bêtes et de couvertures. Cyrille éteint sa lampe. On l'entend se dévêtir. Les planches grincent un moment, puis, très vite, un ronflement monte qui ressemble, par une certaine vibration des lèvres, aux rugissements que pousse l'énervé quand il se met en colère. Raoul qui s'est déshabillé déroule une couverture sur une bonne épaisseur de paille. Il en installe une autre pour sa tête et se couche confortablement. Ils écoutent un moment le ronflement presque inhumain de Labrèche, qui couvre le souffle régulier de Gustave Clarmont. Puis, à mi-voix, Timax qui mâchouille toujours dit :

— Quand y venait à la cordonnerie, y me faisait rigoler. Depuis près de dix ans qu'il nous parle de sa femme qui va arriver...

Il se tait, il croque son sucre un moment puis, avec un soupir, il reprend :

— Y me faisait rigoler, mais je crois qu'il est pas heureux.

Puis, comme s'il avait honte de s'être attendri, d'une voix plus dure, il ajoute :

— Il est cintré, mais c'est un gars qui se ferait tuer pour les autres. En tout cas, à part sa jument, y a personne par ici qu'il aime autant que les Robillard. Je peux te le dire ! Il parle toujours de ce qu'ils ont fait pour lui dans les débuts.

Il y a un froissement de papier. Timax prend encore un bonbon. Il croque et dit :

— Tout de même, ses petits qu'il a jamais revus, ils doivent être grands, à présent.

— Tais-toi. Faut dormir.

Les planches de la couchette craquent et le ronflement de Cyrille s'apaise un peu. Le vent s'est mis à bruire. Le brouillard doit remonter lentement la vallée en continuant de déposer du givre sur les arbres. On sent passer sur la toiture ses vagues molles. Elles se déchirent aux angles, frôlent les rondins et pleurent faiblement.

Amarok ne dort pas. Depuis longtemps, les autres chiens se sont tus et c'est la respiration de la forêt qu'il écoute. Son bruissement presque métallique. De temps en temps il se lève, secoue le givre de sa toison et fait à petits pas silencieux le tour de l'écurie et de la maison. Puis il revient s'allonger contre la porte. Il respire avec délices ce vent venu des immensités du Nord, et qui apporte l'hiver.

16

Le nordet a eu vite fait de nettoyer le ciel. Le givre n'a duré que quelques heures. Un grand soleil s'est levé derrière la forêt dépouillée et luisante. Depuis, les nuits sont froides. Les journées lumineuses avec de longs passages de feuilles roux et or que des rafales soulèvent du sol. Ils traversent les terres nues de Val Cadieu comme un reste d'automne s'enfuyant devant l'hiver. Les arbres sont scintillants ; la glace friable dans les ornières et les creux.

Dès les premières lueurs, les jeunes partent au bois avec les hommes de Val Cadieu et Raoul quand il n'est pas de garde. Amarok ne quitte pas les talons de son maître. Les autres chiens du rang, à force de coups de fouet, ont fini par le regarder en silence. Lui ne s'intéresse qu'à la chienne des Garneau qu'il va saluer à chaque passage. Comme elle n'est pas en chaleur, la conversation est toujours très limitée. Labrèche qui n'a pas de chien dit souvent aux autres :

— Si vos aboyeurs étaient dressés comme Amarok, on aurait pas besoin de vigiles.

Raoul s'est parfaitement intégré aux gens du rang. Amarok est un peu étonné qu'après avoir quitté Saint-Georges, on ne continue pas la route vers le nord. Il observe la forêt, il flaire le vent et interroge le trappeur du regard.

— T'inquiète pas, mon vieux, on ira.

La forêt enveloppe Val Cadieu sur trois côtés. Le quatrième est limité par l'Harricana, mais, par-delà le miroir des eaux où le soleil joue dès le milieu du jour, c'est aussi l'immensité boisée. Le pays sans bornes où l'on peut s'enfoncer et disparaître très vite. On le sent là. Il commence sa vie secrète et lente de la saison morte. Il rassure. Il effraie un peu ceux qui ne connaissent de lui que ce qui est à moins d'une demi-journée de marche.

Les hommes du rang trop âgés pour être appelés par la conscription ont établi un tour de garde. Deux d'entre eux restent à travailler sur les terres, leur fusil à portée de main. Les autres partent avec les jeunes. Raoul fait partie du système. Ils n'ont pas eu trop de mal à en exclure Labrèche dont ils redoutent le caractère emporté. L'énervé était bien tenté par la perspective d'une rencontre avec les M.P., mais confier sa jument à un autre pour le débardage l'effrayait. Garneau lui a dit :

— Tu sais bien que personne peut mener les bêtes à ta place. On risque trop un accident.

Cyrille a ronchonné :

— Dis plutôt que vous en craignez un avec les M.P.

Mais il a tout de même opté pour le bois.

Un enfant que l'on relève toutes les heures veille du matin au soir dans le clocher. Si une voiture arrive, il la voit de très loin sur cette route parfaitement rectiligne qui ne conduit qu'ici. L'enfant sonne la cloche. Les hommes de garde prennent leur fusil et vont se poster devant la cure. Les femmes les rejoignent. L'institutrice fait sortir sa classe et tout le monde se retrouve à l'entrée du rang. Ceux qui travaillent au bois cessent de cogner à la hache. Le charroi s'arrête sur place. Tout se fige dans l'attente.

Le clocher du village

C'est comme si les vivants devenaient roche. Ils font moins de bruit que les arbres où le vent continue de miauler. Bien malin qui pourrait deviner où sont les bûcherons dans cette immensité qui court d'une traite jusqu'au nord du Nord.

L'enfant-vigile a ordre de sonner même s'il reconnaît la voiture qui arrive. Que ce soit la Chevrolet du médecin, la camionnette du mécanicien ou le camion d'une scierie, il faut se méfier. Les M.P. seraient bien capables de réquisitionner un véhicule qui leur permette de tromper le monde.

La nuit, ce sont les jeunes qui se relaient pour la garde, mais personne ne vient jamais.

L'abbé Chavigny se rétablit. Son œil a bien désenflé sous l'effet des compresses de camomille. Sa dent cassée le fait souffrir mais le médecin ne veut pas extraire ce qu'il en reste tant que les lèvres sont enflées. Pour sa hanche et sa cuisse comme pour les autres hématomes qu'il porte sur les bras et les côtes, on s'est vite rendu compte que le chou était plus efficace que les pommades. Alors, la veuve Billon écrase des feuilles sur une planche à l'aide d'une bouteille. Comme il ne veut pas contrarier le docteur, le jeune prêtre enlève ce cataplasme dès que la cloche retentit. Le médecin est très satisfait de ses onguents. Six jours comme ça, puis, ce matin, la petite qui se trouve dans le clocher s'est endormie. C'est la pétarade de la voiture qui la réveille et alerte les autres. On se précipite, la peur au ventre. Raoul qui est justement de garde avec l'Ukrainien arrive tout de suite après Amarok. La petite descend en pleurant. Charlotte la console et le trappeur dit :

— Bonne leçon. C'est un adulte qu'il faut mettre là-haut, pas un enfant.

Le docteur est pressé. Il s'est précipité vers le prêtre. Les autres entrent au moment où il lance :

— Qu'est-ce que c'est que cette pourriture ?

Son visage rond s'est empourpré. Charlotte explique. Le médecin hésite quelques instants entre la colère et le rire. Puis il lance :

— Tout de même, vous m'avez bien possédé. Mais sacrebleu, je ne suis pas de la M.P. Vous avez donc si peur de moi ?

— On voulait pas te peiner, dit Raoul.

Le prêtre qui parvient à sourire s'excuse :

— Moi, je ne pouvais pas parler.

— Vous alors, vous avez un fameux culot. Et en plus, vous mentez. Quand mon oncle...

— Il est au courant.

— Décidément, je ne vois pas ce que je fais dans ce pays de sauvages ! Et moi qui me demandais toujours pourquoi ça puait la soupe, près de votre lit !

Il y a un moment de joie confuse durant lequel tout le monde parle et rit, puis le médecin finit par dire :

— Je ne suis pas buté, moi. Vous m'avez enseigné quelque chose dont je saurai faire usage.

Il repart très vite en disant qu'il va tirer les oreilles de son oncle pour lui apprendre à se moquer de la médecine. Les autres regardent s'éloigner sa voiture qui danse sur la chaussée inégale que les gelées ont déjà durcie. Quand le bruit du moteur s'est à peu près éteint, Marceline Billon hoche lentement la tête avec un sourire plein de mélancolie :

— C'est rempli de bon monde, ce pays-là.

Koliare monte prendre le premier tour de veille dans le clocher. Charlotte lui crie :

— Si tu t'endors, essaie de pas tomber !

Ils ont besoin de joie pour rompre la tension. L'Ukrainien leur lance :

— Quand on a monté cette église et qu'on a mis la

cloche en place, c'était une fameuse belle fête. Personne se doutait qu'un jour ça servirait à ce foutu travail.

Une semaine passe encore, presque trop calme. Avec une espèce d'ennui qui s'installe parce que la vie redevient comme avant sans l'être tout à fait. Le prêtre est à peu près rétabli. Il conserve des marques au visage et continue de boiter, mais il s'est remis à parler. A faire le catéchisme, à confesser et à dire sa messe. C'est un garçon solide. Fils d'un fermier de Nicolet. Né à la terre, il la connaît bien. Il a du plaisir à empoigner la hache, la pioche ou les guides du cheval. Depuis la mort de Billon, il a souvent labouré le lot de Marceline. Il ne faut pas lui parler de quitter Val Cadieu.

— Je suis certain que même si on le nommait évêque, il refuserait, dit Labrèche qui l'admire beaucoup.

Raoul est le seul qui n'ait jamais pu lui dire : mon père. Il l'appelle : curé. Et l'abbé Chavigny l'appelle : trappeur.

Les autorités religieuses l'ont expédié ici durant l'été 34 pour remplacer un prêtre que tout le monde était heureux de voir disparaître. L'abbé Chavigny venait ici en punition. Chargé de prêcher le paradis d'Abitibi et le bonheur de la colonisation aux chômeurs de Montréal, il les mettait en garde contre les terres trop dures à défricher, les solitudes du Nord, les moustiques, les maringouins et les hivers interminables. Furieux, l'évêque l'avait expédié dans la paroisse la plus nordique, pour qu'il puisse voir l'enfer de plus près. Et il a aimé l'enfer.

Cet après-midi, pendant que Raoul était au bois avec les autres, le docteur est venu. Il continue de venir surtout pour donner des nouvelles. Cette fois, Catherine Robillard et le père Levé l'accompagnaient. Un enfant a tout de suite été dépêché à la coupe pour ramener Raoul.

A présent, ils sont assis autour de la table, chez Marceline Billon. Il y a les deux prêtres, Catherine, le docteur. Raoul s'assied. Avant même que Marceline ait fini de recharger son feu et de mettre chauffer sa bouilloire, il lance :

— Vous fatiguez pas, j'ai compris : le sergent est mort.

Les visiteurs répondent oui, à mi-voix, et en même temps. Puis le docteur ajoute :

— C'est un médecin de l'hôpital qui m'a téléphoné, avant même de prévenir les autorités. On est parti tout de suite. Alban doit être en train de l'expliquer à Justine.

Marceline soupire :

— Pauvre femme !

Elle pose sa bouilloire sur le gros poêle. Une goutte danse sur la fonte puis l'eau commence à chanter.

— Alors ? fait Raoul.

— Faut qu'il s'en vienne, dit le père Levé...

— Qu'il aille se foutre dans la gueule du loup, tonne le trappeur, mais tu es maboul, mon pauvre Jules !

Catherine qui n'a encore rien dit parle dur :

— Si tu commences sur ce ton, ça finira par des coups de couteau !

Raoul se contient. Il respire plusieurs fois pour se calmer puis, d'une voix inhabituelle, presque implorante, il reprend :

— Mais enfin, vous savez aussi bien que moi ce que ça veut dire. Y vont commencer par le matraquer. Puis ils le jugeront... Puis ils le pendront.

Il a hésité sur la dernière phrase, et il a eu bien du mal à prononcer le dernier mot. Les autres s'interrogent du regard comme pour savoir qui prendra la parole. Finalement, c'est le curé de Saint-Georges qui se décide :

— Tu sais, Raoul, je redoutais ça depuis le début. C'est te dire que j'y ai réfléchi. Aucun tribunal ne peut considérer son geste comme un crime prémédité. C'est un accident. Ils se sont battus. L'autre est tombé, enfin, sa tête a porté... Et puis, les M.P. se comportent de telle manière ici... Ce ne sont pas les témoins qui manqueront pour aller le dire.

L'abbé Chavigny intervient :

— Comptez sur moi. Je ne vais pas me gêner pour leur parler de ce que j'ai reçu !

— Moi aussi, j'irai, dit le médecin.

Les deux femmes approuvent et Catherine ajoute :

— Tout Saint-Georges prendra le train s'il le faut pour aller témoigner. On est pas chez Hitler, ici. On ne pend pas les gens aussi facilement !

Il y a un silence. Un peu gêné, le médecin dit :

— Ça, c'est une chose à ne pas trop avancer. Ils vous répondront que si on demande aux gens d'aller se battre en Europe, c'est justement pour que le nazisme ne vienne jamais s'installer ici.

La veuve Billon sort des tasses d'un petit meuble en bois brut que son homme n'a pas eu le temps de poncer avant de s'en aller pour être le premier enterré de Val Cadieu. Elle les apporte sur la table avec un bol qui contient du sucre. Elle verse l'eau dans un grand pot blanc où elle a mis deux cuillerées de thé, puis elle se rassied en disant gravement :

— Je sais pas trop bien ce que c'est, le nazisme. Mais je me souviens de l'autre guerre. C'est pas si loin. Les émeutes à Québec, de ceux qui voulaient pas partir. Et tous ces jeunes qu'on a envoyés se faire tuer, puis les estropiés et toute cette misère. A quoi donc que ça a servi, si on se remet à nous chanter la même chanson !

Catherine, qui a semblé un moment inquiète, se redresse sur sa chaise.

— Vous avez raison, Marceline. Les Français nous ont

assez laissés tomber ! A présent qu'ils sont du côté des Anglais, s'ils ne sont pas assez malins pour régler leurs comptes avec Hitler, c'est pas à nous de nous en occuper.

— Certain que si les pauvres gars qu'on a fait débarquer à Dieppe, au mois d'août, étaient partis dans les bois, y en aurait pas un millier de tués.

Raoul interrompt Marceline pour lancer au curé de Saint-Georges :

— Dis donc, Jules, c'est toi qui nous en as parlé le premier, de cette affaire. Pas seulement des morts, mais des amputés qu'on a ramenés. Des centaines et des centaines.

Le prêtre les laisse aller un moment. Puis, lorsque d'eux-mêmes ils se calment un peu, il lève la main pour les faire taire.

— Vous êtes en train de vous égarer. Pour Maxime Landry, il ne s'agit plus d'échapper à la conscription...

De nouveau, Raoul se fâche.

— Justement ! Bordel ! C'est bien pire. C'est plus le risque de se faire tuer, c'est la certitude d'être pendu. Tu crois qu'on connaît pas la loi !

Il se tait. Le silence écrase un instant. Très calme, presque à voix basse, le prêtre reprend :

— J'aimerais que tu m'écoutes une minute. Tu me parles comme si je voulais du mal à Maxime. Tu n'es plus un enfant.

Il se redresse un peu sur sa chaise. Il fronce les sourcils et regarde les autres, tour à tour, avant de poursuivre :

— Je vous demande d'être raisonnables. Son cas est très défendable. C'est en voulant échapper à la justice qu'il passera pour un criminel.

Le mot sonne étrangement. Le silence qui le suit est terrible. Le prêtre plante son regard dans celui du trappeur. Rien de dur sur son visage. Au contraire. Une douleur mêlée d'un grand espoir. Quelque chose de lumineux et de ferme à la fois.

— Raoul, il faut que tu le ramènes à Saint-Georges. Il ne peut pas se cacher toute sa vie.

Le trappeur grogne :

— Je suis pas policier, moi.

— Tu es le seul que ce petit écoutera.

Le visage de Raoul se fronce. Mille rides le sillonnent qui n'étaient pas là voilà un instant. Il regarde les autres comme s'il attendait d'eux une explication. Un long moment passe. Le silence est tel que l'on entend battre contre le seuil la patte d'Amarok qui se gratte. A regret, Catherine consent à dire :

— C'est peut-être vrai.

— Je vous jure que seule la raison me guide, fait le prêtre d'un ton plus autoritaire.

— Tout de même, dit la veuve Billon, on sait pas ce qu'ils peuvent lui faire.

Comme s'il n'avait pas entendu, le curé de Saint-Georges se tourne vers Raoul.

— Il faut que tu lui parles. On ne passe pas sa vie à fuir... Nous serons tous là pour le défendre.

Le visage du trappeur reste fermé. Son pouce écrase la cendre dans le foyer de sa pipe. Après quelques instants, le père Levé reprend :

— Allons, Raoul, il n'y a que toi...

— Les sermons, c'est l'affaire des curés...

Le trappeur est écrasé. Il s'est tassé sur sa chaise. Il se redresse un peu. Son regard reste longtemps fixé sur les yeux du prêtre. Puis, s'adressant à tous, il bougonne :

— Vous me faites faire une foutue besogne !

Il y a des soupirs profonds tout autour de la table. Le visage de Raoul paraît moins ravagé. Son œil retrouve de l'éclat et sa voix est plus dure lorsqu'il dit :

— M'en vais lui parler. Mais je vous préviens : y fera ce qu'il voudra. Vous savez bien que ce gars a une tête plus dure que de la roche.

Son regard change à nouveau pour devenir plus mouillé. Son front se plisse et sa barbe semble agitée d'un léger tremblement.

17

Après le départ de sa sœur, du docteur et du curé de Saint-Georges, Raoul a repris la direction de la coupe. Il était déjà tard et il a rencontré les autres sur le chemin du retour. Il a prétendu que sa sœur voulait le voir pour des raisons de famille. Personne n'a semblé le croire. Surtout pas Timax dont le regard était déjà pris d'effroi. Pourtant, ils sont rentrés en silence.

Aussitôt à la maison, Raoul renvoie Cyrille et Gustave :

— Vous deux, vous êtes invités à manger chez Marceline.

Cyrille fait non de la tête d'un mouvement saccadé.

— Moi je reste ici. Je suis chez moi.

Gustave ne se fait pas prier. Amarok assis devant la porte le voit filer comme quelqu'un qui déguerpit devant un orage. Les trois autres demeurent dans cette pièce où ils viennent pour leurs repas et leurs veillées. Raoul allume le fourneau tandis que Cyrille s'occupe de la lampe. C'est une besogne qui, comme de rouler une cigarette ou de changer une pierre de briquet, a le pouvoir de calmer ses nerfs. Il mouche la mèche, la monte légèrement en tournant la molette, allume et remet le verre en place après en avoir nettoyé le ventre rebondi. Il lève lentement la lampe de porcelaine blanche qu'il met en place dans la suspension de laiton en disant, comme chaque soir :

— J'espère bien qu'ils nous auront amené l'électricité jusqu'ici avant que ma femme revienne. La lampe à huile, elle aime pas ça. Elle dit que ça l'écœure, puis elle craint les accidents.

Il se tait. Parfois, il ajoute que l'électricité aussi est dangereuse, mais ce soir, il ne dit rien de plus. Il va porter le bidon haut à bouchon verseur dans un placard qu'il a peint en rouge comme l'extérieur de sa maison. Raoul referme le fourneau où la flamme ronfle, puis il sort sa pipe, sa blague en vessie et vient s'asseoir en face de Timax qui s'est installé en entrant, dans l'attente. Ils se regardent en silence et c'est finalement Cyrille qui lance, en revenant vers eux :

— Alors ? Le sergent est claqué ? C'est ça qu'ils sont venus te dire ? Si tu crois qu'on a pas compris, c'est que tu nous prends vraiment pour des abrutis.

La jument qu'ils viennent de rentrer après l'avoir bouchonnée fait aller sa chaîne en arrachant le foin au ratelier. On l'entend à travers la cloison de planches.

— Sale affaire, dit Raoul.

— Au moins à présent, on sait à quoi s'en tenir. Les autres vont s'amener pour le prendre. Mais on sera là. Et avec nos fusils. Et bien embusqués. On gueulera : « Foutez-lui la paix ou on vous tire comme de la vermine que vous êtes ! »

Il s'excite. Les mots commencent à se bousculer, à se dévorer l'un l'autre avant de s'éparpiller en postillons qui pleuvent sur la toile cirée. Ses mains osseuses aux articulations déformées et énormes volent dans tous les sens pour s'abattre sur la table qu'elles font trembler. A certains moments, les coups sont tels qu'ils ébranlent la maison et que la lueur de la flamme se met à danser.

Raoul le laisse aller. Il va se fatiguer.

En effet, après avoir bien tempêté, il se lève et va boire un grand verre d'eau puisé à la seille sur l'évier de fer. Puis, comme si les autres avaient cessé d'exister, il se met à préparer le repas. Il remue des casseroles. Il sort chercher du bois. Raoul attend quelques minutes avant de dire posément, en regardant Timax au fond des yeux :

— Tout Saint-Georges est pour toi. Tu seras jugé, mais avec tant de témoins pour dire que c'est un accident, tu...

Sans remuer d'un poil, le trapu qui se tient les coudes sur la table et la tête aux trois quarts rentrée entre les épaules l'interrompt :

— Jugé ! Mais bon Dieu, pour me juger, faudrait qu'y me prennent !

Raoul fait non de la tête très lentement avant de dire :

— Justement. Si tu attends ça, ils en déduiront que tu te sens coupable. Si tu vas te livrer...

— Me livrer !

Il s'est redressé. Il cogne son front de son index et se met en colère. Sans se soucier ni de Raoul qui essaie de l'interrompre ni de Labrèche qui crachote des encouragements, il se met à crier :

— Me livrer à ces salauds, pour qu'ils commencent par me matraquer. T'es cinglé. T'as envie que j'en tue un autre, oui ? T'as envie de me voir me balancer au bout d'une corde. Et c'est toi qui viens me dire des choses pareilles !

Un sanglot à sa taille le soulève d'un bloc et crève. Sa voix devient celle d'un enfant. A mots hachés, il poursuit :

— C'est comme si mon père venait me pousser à la potence.

Il s'écroule sur la table. Le visage sur les bras, le dos secoué par une tempête. Enorme et dérisoire.

Raoul s'approche lentement accompagné par Cyrille qui lui arrose le visage de salive en braillant :

— Tu vois ce que t'as fait. T'es fou. Jamais vu un con comme toi.

Le trappeur ne se soucie pas de lui. Il vient poser sa main sur la nuque de Timax qu'il secoue avec affection en disant :

— Allons, allons. Tu penses tout de même pas que j'aurais passé tant d'années à faire de toi un homme pour venir te pousser à... à faire une connerie...

Sa main se promène sur les épaules du garçon comme sur une grosse bête. Elle tape ici et là. Elle malaxe plus loin. Cyrille qui a contourné la chaise fait la même chose de l'autre côté. Il dit :

— Arrête-toi de pleurer, bon Dieu de bon Dieu. T'es pas encore mort.

— Espèce d'abruti, s'il était mort, y pleurerait plus.

Le chagrin de Timax tourne en rire nerveux. Il se redresse. Son visage est inondé de larmes. Mi-rageur mi-effrayé, il se lève pour les regarder en disant, tout secoué encore de sanglots :

— Pouvez déconner, va. C'est pas votre peau que vous risquez. Ben moi je vous le dis : j'ai besoin de personne pour foutre le camp. Et c'est pas vous qui m'en empêcherez. La forêt, je la connais mieux qu'eux. Pourront toujours me cavaler au cul. Si ce salaud m'avait pas cherché, j'aurais pas cogné.

Il se tait soudain. Son visage est pâle. Ses yeux si limpides d'habitude se sont assombris. C'est comme s'il regardait bien au-delà des planches de la cloison, bien plus loin que les limites de cette forêt immense, un monde épouvantable. Il y a tant de panique au fond de ce regard que Raoul en est troublé ; que Labrèche, le visage crispé,

Le clocher du village

le cou tendu en avant, semble fasciné. Le trappeur empoigne doucement le bras du garçon et dit :

— Calme-toi, mon petit. On va causer tranquillement. On va voir comment on peut faire.

Timax s'ébroue. Un frisson le secoue. Il semble sortir d'un cauchemar. Fixant Raoul, il demande :

— Et si y viennent maintenant ? Si y s'amènent à pied par la forêt et qu'ils cernent la maison ? Qu'est-ce que je fais moi ? Qu'est-ce que je fais ?

Sa voix tremble de nouveau. Raoul l'oblige à se rasseoir et dit à Cyrille :

— Donne-lui de l'eau fraîche. Dès que ta soupe sera chaude, on mangera, ça lui fera du bien.

Timax s'est assis, mais il ne cesse de remuer sur sa chaise qui couine. Son œil va de la porte à la fenêtre, il leur fait sans cesse signe de se taire comme s'il percevait un bruit suspect.

— Bon Dieu, sois pas maboul. Amarok est là. Y aurait un gars à trois milles d'ici, on le saurait.

Raoul soupire. Après un temps, il explique :

— Si ça se trouve, le poste de Saint-Georges saura rien avant demain matin. En plus, comment veux-tu qu'ils viennent nous cerner en pleine nuit, y sont six.

Raoul cherche tout ce qu'il peut trouver de rassurant, mais Timax est tellement habité par la peur que même la présence d'Amarok ne le tranquillise pas.

— Je vais aller voir qui c'est qui est de garde dans le clocher, annonce Labrèche. Puis je verrai avec Garneau si on pourrait pas faire des rondes.

Dès qu'il est sorti, Raoul s'empresse de dire :

— Tu vois bien. Tout le monde est pour toi.

Le regard du garçon reste perdu. Sa poitrine est encore secouée de sanglots. Il frissonne à plusieurs reprises et porte sa main à sa gorge en bredouillant :

— Faut pas attendre. Je sais ce que je risque.

— Tu le sais pas, justement. Le curé est mieux informé que nous. Si tu te constitues prisonnier, il ira avec toi. Il me l'a promis. Il restera pour pas qu'on te tabasse. Toute la ville sera là pour témoigner...

Tandis qu'il parle, lentement, insensiblement, le regard de Timax se métamorphose. Son front se plisse. Son visage se crispe, devient hideux d'effroi et de colère mêlés. Il laisse Raoul parler encore une minute peut-être, puis, d'une voix distordue, il éclate :

— Vous voulez me livrer pour vous débarrasser de moi. C'est ça ? Je suis plus rien. Moins qu'un chien...

Sa voix s'étrangle à nouveau et il se remet à pleurer. Comme Raoul s'approche de lui, il se lève et, pareil à un enfant qui fuit les coups, il tourne autour de la table en implorant :

— Me touche pas... m'approche pas... Je suis un assassin !

S'immobilisant soudain, il pousse une sorte de hurlement de rage et empoigne à deux mains le devant de sa chemise qu'il déchire. Raoul fait trois pas rapides et le gifle deux fois à toute volée.

Les cris cessent aussitôt. Sa bouche s'ouvre comme s'il manquait d'air, ses yeux égarés, encore pleins de larmes, expriment un immense étonnement. Ses bras tombent, ses mains énormes s'ouvrent et lâchent les morceaux de tissu. Raoul s'approche encore et, le prenant dans ses bras, maladroit, il le serre contre lui de toutes ses forces. D'une voix qui tremble, il souffle :

— On va partir tous les deux. On va foutre le camp au nord. Tout au nord. Y pourront jamais nous avoir... Jamais.

18

Cyrille Labrèche a rejoint Raoul et Timax. Il a annoncé que tout s'organisait pour une garde sévère, puis, durant le repas, il les a saoulés de propos les plus décousus. Sa femme et ses enfants s'y mêlaient aux M.P., à sa jument, au débardage du bois, à ses misères passées et surtout à la mort d'un cheval nommé Cadieu qui avait donné nom au village. Il entrait dans son discours bon nombre d'inconnus dont il ne savait plus s'ils étaient morts ou vivants.

Le torrent n'a pas cessé de couler lorsque Cyrille s'est couché. Simplement, il s'est transformé en un ronflement où roulent parfois des mots déformés. C'est un bruit qui s'intègre à la vie de la nuit. Il fait partie de l'écurie comme en font partie le piétinement des bêtes, les bruits de chaînes, les coups dans un bat-flanc, le long pissat de la jument ou la bousculade des chèvres.

Rien de tout cela ne trouble le silence de la forêt sans limites qui roule sur les terres, porté par la grande voix du vent toute chargée de craquements, de frôlements et des soupirs de la bâtisse.

Les hommes sont à peine couchés depuis dix minutes que Raoul se soulève sur un coude et dit à mi-voix :

— Faut au moins que je prévienne Garneau.

— T'es pas obligé.
— Enfin, on peut pas se tirer comme ça !
— Faut pas lui dire où on va.
— Tout le monde sait qu'on va au nord. Le Nord, c'est grand.
— Faut se dépêcher avant que Gustave revienne.
— Y reviendra sûrement pas avant son tour de garde
— On sait pas.

Ils ne se sont pas dévêtus. Ils se lèvent sans bruit. La nuit est claire. Sa pâleur dessine toutes les fentes de la porte et des murs dont les rondins et le jointoiement de terre et de mousse se sont desséchés.

— Tu ferais mieux de m'attendre ici pendant que je vais chez Garneau.
— Non. Je veux pas.
— Bon Dieu, on dirait que t'as six ans.
— Je veux pas.
— Je laisserai Amarok à la porte.
— Y peut avoir l'idée de te cavaler après.
— Pas lui, tu le sais bien.
— J'irai t'attendre dans le bois.

Raoul n'insiste pas. A tâtons ils bouclent leurs sacs.

— Heureusement que j'ai fait un tri. On peut pas tout prendre.

Ils sortent sans bruit. Dès qu'il voit les sacs et son bât bourré à bloc, Amarok se met à frétiller en multipliant les bonds et les courbettes. Raoul referme la porte sur les ronflements de Cyrille.

— Ça me chagrine de foutre le camp sans rien lui dire, mais il est trop exalté. Y serait foutu de nous suivre.

Dès que le trappeur soulève les deux lourdes sacoches du bât, Amarok vient s'immobiliser devant lui pour se faire harnacher. Par-dessus les sacoches, Raoul attache les raquettes et la toile contenant les pièges. Timax se charge de deux énormes sacs et de deux ballots. Comme il empoigne le fusil de chasse à deux coups, Raoul l'avertit :

— Attention, hein ! T'amuse pas à tirer sur des types avec ça. Si tu vois quelqu'un de suspect, fous le camp. Avec Amarok, on se retrouvera toujours.

Le trappeur n'a que son sac à dos, une musette et sa carabine. Ils vont jusqu'au chemin, là, ils s'arrêtent. Raoul se penche vers Amarok et dit lentement, en désignant le costaud :

— Tu vas avec Timax, Amarok. Avec Timax.

Il fait signe au garçon de s'éloigner. Comme le chien hésite, il tend la main et dit :

— Va !

Amarok s'en va, passe devant Timax et trottine vers la masse sombre de la forêt qui ferme le rang par-delà les deux derniers lots. Sur son dos, les raquettes semblent des ailes repliées. Sous son barda, Timax a l'air d'un insecte tout rond sur des pattes trop courtes.

A le voir ainsi, Raoul est en même temps pris d'une envie de rire et envahi par une grande tendresse. Il attend qu'il ait dépassé les deux dernières maisons dont seule celle de gauche est éclairée, pour se retourner et marcher en direction du lot cinq qu'occupent les Garneau. Leur demeure est de loin la plus importante par son bâtiment d'habitation aussi bien que par sa grange massive et sa longue étable. Une fenêtre est éclairée côté chemin, sur la façade, et une autre sur le pignon. Raoul se retourne. Amarok et Timax ont disparu. Le trappeur cogne du poing à la porte.

— Oui ! crie Martin.

Raoul entre.

— Salut tout le monde !

— Y reste de la soupe ? demande Martin.

— Assez pour lui, dit Charlotte.

Raoul arrête d'un geste Paula, la fille aînée, qui se levait déjà.

— Non, non, c'est fait. Je viens juste pour te parler cinq minutes, Martin.

Ils sont six à la longue table. Les parents, le fils et les trois filles. La pièce est vaste, la cuisinière qui luit de tous ses cuivres et dont l'étuve monte à vingt pouces du plafond. Tout ça sent bon la propreté, la parfaite entente dans le travail.

— On a fini, fait Martin en passant sa main sur son épaisse moustache. Les enfants vont aller dans leurs chambres.

François, qui a exactement la taille de son père et presque sa carrure, se lève le premier en annonçant :

— Moi, faut que je passe voir les bêtes. Puis je voulais aller faire une partie à la cure.

— Les filles vont y aller aussi, dit Charlotte. Et je vois pas pourquoi je les suivrais pas.

— Non non, fait Raoul, pas toi...

Charlotte a un bon rire en lançant :

— Oh là ! faudrait pas croire qu'on s'en va pour t'être agréable, grand vaurien. On sort parce qu'on en a envie.

En un tournemain les quatre femmes desservent la longue table de bois blanc dont elles torchonnent le plateau lustré où les gros nœuds bruns sont légèrement en relief. Elles se couvrent de grands châles de laine, et sortent après avoir chaussé des sabots. Raoul s'est assis près de Martin qui vient d'aller prendre sur une étagère le gros pot de grès bleu où est son tabac. Charlotte leur a apporté deux verres et une bouteille d'alcool de bleuet. Martin roule une belle cigarette tandis que Raoul puise dans le pot pour bourrer sa pipe. Ils allument. Un gros nuage monte en tourbillonnant et va envelopper la suspension de cuivre surmontée d'une opaline. Martin verse. Ils boivent, font claquer la langue et hochent la tête de bas en haut pour dire que c'est bon. Le regard brun de Martin interroge en silence. Le trappeur tire encore deux bouffées, écrase de son pouce la cendre qui s'est gonflée, puis, fixant Martin bien droit, il dit :

— M'en vais avec le petit.

— Je le savais. Je l'ai dit à Marceline tout à l'heure : « Si vous croyez qu'il va le pousser à se livrer, vous le connaissez mal. »

— J'ai essayé, Martin. Je t'assure que j'ai essayé.

— Ma foi... Je sais qu'il a la tête dure.

— En tout cas, je peux pas le laisser partir tout seul.

— C'est pas moi qui vais te le reprocher.

Il hésite. Sa grosse main toute griffée par la forêt frotte un moment ses joues mal rasées. Il tire une bouffée et souffle dans sa moustache. Les poils continuent de fumer alors qu'il dit :

— Seulement, ça va durer combien de temps ? On peut pas vivre toute sa vie dans les bois.

Raoul sourit.

— Moi, ça me gênerait pas. Seulement, pour le petit, pour sa mère (il hésite), et même pour sa blonde, je sais que c'est pas une chose à envisager. Figure-toi que j'ai réfléchi à tout ça.

Il se donne le temps de boire une gorgée puis, ayant posé son verre, il poursuit :

— Un gars qu'on trouve pas, on le juge sans qu'il soit là.

— Oui, on dit contumace.

— Voilà, c'est le mot que je cherche depuis des jours. Contumace. C'est bien ça, je l'ai des fois lu dans le journal. Alors, le gars est défaillant. Y se présente pas et on le juge tout de même.

— Souvent, paraît que le type est condamné plus fort que s'il était là.

Raoul hausse le ton :

— En tout cas, il est déjà certain de ne pas être pendu. Et ça n'empêche pas qu'on le défende. Et si tout le monde qui peut témoigner s'en va le faire, on devrait pas pouvoir le punir bien gros. M'en vais le mener en sécurité. Puis je reviendrai. Si y faut aller parler pour lui, j'irai ! Et je dirai que c'est moi qui l'ai poussé à se cacher.

Martin rallume son mégot, la tête inclinée pour ne pas brûler sa moustache. Il repose ses mains sur la table et garde entre ses doigts son gros briquet de cuivre qu'il frotte doucement. Le vent contre la fenêtre et le feu emplissent le vide de la nuit. Raoul tire sur sa pipe, à tout petits nuages rapides qu'il souffle sur le côté avec un clappement des lèvres.

— Ma foi, finit par dire Martin, je serais bien en peine de te donner un conseil.

Il laisse encore couler un peu de nuit, puis il dit :

— La guerre, ça va pas durer une éternité. En 18, tout le monde était tellement content que les tribunaux se sont montrés moins durs. C'est peut-être à ce moment-là qu'il faudra le ramener.

Martin a un geste évasif.

— Le mien fera ce qu'il voudra. A vingt-quatre ans, sûr qu'il peut être appelé. Y s'est fait inscrire. Moi, je lui dis de se marier. Ça fait près de deux ans qu'il fréquente une fille de Landrienne. Ils se sont connus à une mascarade...

Il s'interrompt. Sa chienne qui est attachée dehors s'est mise à japper.

— C'est quelqu'un qu'elle connaît.

Ils se lèvent. Raoul se tient prêt à sortir.

Garneau ouvre, le curé parle à la chienne. Il entre. Il boite toujours et Raoul constate :

— Ça va mieux, curé, vous avez laissé votre canne.

Le père Chavigny attend que la porte soit refermée pour lancer :

— Moi, ça va mieux. Mais vous, du côté de la tête, ça n'a pas l'air d'aller.

— Qu'est-ce qu'il vous prend...

— Ne finassez pas, trappeur. Quand j'ai vu arriver Charlotte et les enfants, j'ai tout de suite compris.

Le jeune prêtre s'assied. Son nez est encore légèrement enflé et son œil gauche reste cerné de jaune. Il s'installe commodément et laisse Martin lui verser un verre. Ayant bu une gorgée, il dit :

— Pourquoi vous restez debout ?

— Je partais.

— Je vous demande juste quelques minutes.

Les deux hommes reprennent leur place et Martin emplit à nouveau le verre de Raoul qui bourre une autre pipe. Le prêtre le fixe en fronçant un peu les sourcils.

— Vous n'êtes plus un gamin. Vous savez très bien que vous êtes en train de vous lancer dans une folie. C'est un accident. Mais un homme est mort, Maxime doit en répondre. Nous serons tous...

Raoul l'interrompt :

— Tout ça, curé, je lui ai dit et répété. Et pourtant, je suis pas tellement certain que les juges admettront l'accident. Mais lui, pour le faire revenir, vous pouvez mobiliser tous les curés d'Abitibi et des évêques si vous voulez, rien à en tirer. Y a pas meilleur gars, mais c'est une tête de pioche.

— Vous devriez...

— Qu'est-ce que vous voulez que je fasse ? Que je l'assomme pendant qu'il roupille ? Que je l'attache pour le livrer ? Vous me voyez faire ça ?

Durement, d'une voix que Raoul ne lui connaissait pas, le curé lance :

— Ce serait le meilleur service à lui rendre.

Raoul se soulève et se penche par-dessus la table pour regarder le prêtre de plus près. D'une voix que la colère encore contenue fait trembler, il demande :

— Vous le feriez, vous ? Honnêtement, vous feriez une saloperie pareille ?

Le prêtre ne répond pas. Il fixe Raoul en silence durant un moment qui paraît très long. Puis, comme le trappeur vide son verre et se lève, il se lève aussi. Il s'appuie à la table et retient une grimace. De sa voix la plus dure, le trappeur dit :

— Faut pas oublier, curé : c'est pas un Indien, c'est pas un trappeur ou un épicier qu'il a tué, c'est un de l'armée. Dans ce putain de monde, tous les hommes ne pèsent pas le même poids. Vous voyez ce que je veux dire ?

Il porte sa main ouverte à sa gorge et fait un petit geste en tournant. Puis, un ton plus bas, s'approchant du prêtre qu'il fixe intensément, il reprend :

— J'y pense tout le temps. Ça m'empêche de dormir. Lui aussi, ça doit le tarauder, va ! Cet ivrogne de sergent doit pas le lâcher beaucoup. Vous le savez aussi bien que moi : un mort qui s'accroche à vos trousses, c'est pire qu'une meute de vivants.

Il s'écarte en direction de la porte, puis, se retournant soudain, il ajoute :

— Sur ce plan-là, qu'il soit jugé dans notre monde ne lui enlèvera rien.

Comme le prêtre s'apprête à parler, le trappeur l'en empêche en lançant :

— Je suis certain que le père Levé me demanderait jamais de le livrer.

Soudain, sa voix s'étrangle. Il frotte sa barbe pour

tenter de reprendre aplomb et parvient à dire encore :

— Plutôt que de l'envoyer se balancer au bout d'une corde, j'aimerais mieux lui foutre un coup de fusil. Ce serait plus vite fini !

Il prend son arme qu'il regarde un instant, comme effrayé, avant de passer la bretelle sur son épaule. Il ouvre la porte et sort. La clarté de la lune est presque plus violente que celle de la lampe. Les autres le suivent. La chienne tire sur sa chaîne et miaule comme un jeune chat.

Raoul semble se reprendre. Sa taille se redresse. Sa tête sort d'entre ses épaules. Il met son chapeau puis, de sa voix redevenue ferme, il dit :

— Je vais juste te demander un service, Garneau : demain matin, tu envoies Koliare dire à Steph qu'il fasse disparaître mon canot. Y comprendra.

— Ce sera fait à la première heure.

Cette fois, c'est la voix de Garneau qui paraît mal assurée. Il prend la main de Raoul et la serre fort en disant :

— Tu sais qu'on est là... Hésite pas.

Le prêtre se signe, puis, serrant lui aussi la main du trappeur, avec émotion il dit :

— Vous faites une sottise, mais... mais vous êtes un sacré type... Je vous bénis. Je prierai pour vous deux.

Raoul s'éloigne d'un pas, il s'arrête et se retourne. D'un large geste il montre le fleuve et la ceinture sombre de la forêt qui entoure Val Cadieu. Il y a comme une espèce de joie sourde dans sa voix et un peu de folie dans son regard lorsqu'il lance :

— Le Nord, c'est grand.

Il se remet à marcher en direction des résineux pleins d'ombre, de lumière et de vent. Pour lui seul, il ajoute :

— On ira au bout du bout.

Troisième partie

LES MASSARD

19

Raoul a traversé l'espace dénudé des terres essartées et mises en culture par les colons de Val Cadieu. Sur le dernier lot, quelques grosses souches sont encore en place. A présent, il suit le chemin défoncé par le débardage des bois. La lune éclaire les coupes où demeurent des tas de branchages et des fûts de résineux que les hommes et les bêtes sortiront dès la première neige. Le trappeur cherche des yeux l'endroit où Timax a pu se cacher pour l'attendre. Sans élever la voix, il appelle :

— Oh, montre-toi ! C'est moi.

Raoul qui s'est arrêté un instant grimace et repart en murmurant :

— Toi, mon gars, t'as une trouille qui peut te pousser loin !

Après la dernière coupe, il n'y a plus que la piste. Un sentier tracé et entretenu depuis des siècles par les Indiens, les trappeurs, les coureurs de bois puis les prospecteurs.

C'est toujours vers le nord, vers l'ouest ou vers l'est que Raoul conduit Timax pour l'initier à la trappe. Et, cette nuit, le garçon poursuivi par sa peur d'être pris a continué. S'il était à proximité, il y a longtemps qu'Amarok aurait éventé son maître. Par trois fois, le trappeur lance l'appel du grand-duc. Il s'arrête encore pour mieux entendre. Rien. Il reprend sa marche. La lune et le vent font vivre la forêt. L'ombre lourde des résineux qui restent sombres même dans leurs parties les plus éclairées alterne avec cette dentelle vivante qui court sur le sol sous les feuillus dépouillés.

Longtemps la piste longe la rive. L'Harricana scintille. De longs frissons de lumière courent en zigzag et luttent avec le courant. Puis le fleuve amorce une courbe vers l'est alors que le sentier continue tout droit. Raoul marche de son long pas régulier, sans se hâter, sans inquiétude. Il va ainsi à peu près une demi-heure avant de voir arriver Amarok sur sa droite, sous un fouillis de buissons épais où des thuyas sont piqués, lourds de nuit, presque immobiles.

— Qu'est-ce que t'as fait du trapu ?

Amarok repart vers les fourrés et s'enfonce sous des ronces.

— Alors, crie Raoul, tu sors de ton trou ?

Les branches remuent comme soulevées par une bourrasque montant du sol. Le garçon apparaît, à quatre pattes, tirant derrière lui son énorme barda. Raoul s'avance pour l'aider.

— Bon Dieu, mais qu'est-ce que tu foutais là-dessous ?

Le visage bouleversé, ruisselant de sueur, Timax grogne à mi-voix :

— Gueule pas comme ça !

— Mais qui est-ce qui va m'empêcher de beugler si j'en ai envie ?

— Ma parole, t'as vraiment hâte de me voir au bout d'une corde !

Il y a tant d'effroi dans le regard du garçon que Raoul retient ce qui lui monte à la gorge. Empoignant le bras de Timax, il le secoue doucement.

— Ecoute-moi... On va foutre le camp tous les deux.

Seulement, tu vas arrêter de trembler. Tu vas me faire confiance. Sinon, c'est foutu.

Le visage lourd du costaud se contracte. On dirait qu'il fait un effort considérable pour ne pas pleurer.

— Qu'est-ce que t'as donc fait ? Je venais bien tranquille. Je t'ai même attendu un bon moment juste à la sortie des coupes. A l'endroit où on abattait avant-hier.

— C'est là que je croyais te trouver.

Le regard de Max est comme un insecte fou. Il va du visage de Raoul à la piste, de la piste au fleuve que l'on devine entre les arbres.

— J'y serais resté, seulement, je suis certain que des types m'avaient repéré.

— Amarok a grogné ?

— Ben... je peux te dire...

Il regarde le chien qui se tient à trois pas et flaire la nuit.

— Il a grogné ou pas ?

— Je peux te dire qu'il était pas normal.

Raoul respire profondément pour s'imposer de rester calme.

— Y avait personne. T'as rêvé.

— Je te jure qu'il y avait des types. Au moins trois.

— Tu les as vus ?

— J'ai vu des ombres. Y se cachaient bien. Je les ai entendus.

— Alors, t'as ramassé tout ton fourbi, et puis t'as couru comme un orignal.

Raoul voudrait rire, mais la peur du costaud est telle que son visage inquiète. Voulant le rassurer, le trappeur propose :

— Bon. On va rester là pour cette nuit. Quand t'auras dormi, tu te sentiras mieux. Moi je peux...

Timax l'interrompt. Il y a dans sa voix un mélange de

brutalité et de supplication. Il pose un de ses sacs et s'agrippe à la veste de Raoul.

— Moi je reste pas là... Faut se sauver en vitesse. J'ai pas envie de me faire piéger comme un rat.

Amarok s'est dirigé d'un petit pas tranquille vers la piste d'où il respire les odeurs d'eau venues du fleuve à chaque répit du vent. Le visage de Timax se crispe davantage. Sa voix s'enroue. Très bas il reprend :

— Regarde-le... Y sent quelque chose. Il est pas normal. Faut se tirer en vitesse.

— Non, Timax. On va pas courir. Si ça te rassure, on va continuer. Moi, tu sais, je peux aller toute la nuit si ça te fait plaisir. Seulement, je veux pas me sauver.

Timax se détend légèrement, mais les regards qu'il lance en direction du sud sont ceux d'un animal traqué. Il se charge. Comme Raoul veut prendre un rouleau de couvertures en plus de son sac, le costaud se braque :

— C'est moi qui porte. Toi, t'as ton sac, ta musette et ta carabine, je veux rien te voir d'autre. C'est à cause de moi qu'on est là, c'est moi qui porte.

Sa voix toujours sourde tremble davantage. Une colère l'habite qui semble déjà très nettement dirigée contre lui. Raoul renonce à le contrarier. La piste sans fin se chargera bien de le calmer.

20

Amarok marche devant, sans se retourner, le museau allant seulement de droite à gauche à peu près tous les vingt pas. Raoul suit d'une démarche souple, sur ce sol que le gel rend tour à tour friable ou sonore. Derrière, vient Timax qui porte un sac énorme sur son dos, un autre en travers qui repose sur la nuque courbée, un baluchon dans chaque main plus le fusil de chasse à la bretelle. Raoul le sent sur ses talons. Il l'entend geindre, grogner comme un ours mal pris et souffler fort. Un long moment ils vont ainsi dans l'alternance d'ombre épaisse et de treillis de lune.

— Bon Dieu, t'avances rien. Tu le fais exprès !

Sans se retourner, d'un ton très calme, Raoul propose :

— Si tu veux vraiment courir, je te retiens pas.

Il s'arrête et s'écarte. Cassé en avant, le visage déjà ruisselant, le costaud allonge le pas. Amarok s'arrête et se tourne à demi pour regarder Raoul.

— Non, non, toi, tu restes avec moi.

Timax ne dit rien. Il fonce sur la sente qui, en cet endroit, serpente entre des résineux.

— Va pas jusqu'au pôle Nord sans moi !

Les sacs et l'homme ne sont bientôt plus qu'une seule masse qui disparaît rapidement dans l'ombre des arbres.

— Pauvre gars, t'as pas fini...

Raoul traverse la zone de conifères; quand il débouche en un lieu où les feuillus dépouillés dominent, il s'arrête près d'un tronc encroué dont la base offre un siège confortable.

— Ici, Amarok.

Le chien fait demi-tour et le rejoint. Raoul pose son fusil, son sac et sa musette, puis il déboucle la sous-ventrière et enlève d'un seul paquet les deux sacoches de bât et les raquettes. Amarok se secoue très fort et fait rouler ses épaules. Il s'assied d'une fesse et se tord pour se gratter les flancs et le dos. Raoul qui a sorti sa pipe, sa blague et son briquet le regarde faire.

— Va!

Il montre l'Harricana. La lune a fait du chemin. Beaucoup plus proche des arbres de l'autre rive, elle étire leurs ombres que le vent et les remous mêlent aux reflets lumineux. Amarok file entre les troncs et disparaît. Il va boire longuement. Raoul bourre sa pipe puis l'allume. La forêt est bavarde. C'est une belle nuit pour marcher, pour s'asseoir et écouter. Pour aller son petit train solitaire, sans hâte ni crainte. En ce moment, le trappeur se trouve juste à la frontière des bruits. A l'endroit où ils se rencontrent, se heurtent, se repoussent et finissent par se marier. Celui de la forêt paraît plus puissant que celui du fleuve, pourtant, il ne l'écrase pas totalement. Que ce soit dans les arbres ou sur l'eau, c'est toujours le vent qui va de la gueule, mais avec un langage différent. Le dialogue n'est jamais régulier. Il passe de la joie à la colère. Raoul connaît ses propos depuis toujours; à chaque départ il les retrouve avec le même bonheur.

— Qu'est-ce qu'il a bien pu voir?

Le trappeur a murmuré cette question, mais il sait. Il devine ce qui peut se passer dans la tête de Timax.

Amarok revient et s'assied entre son maître et son bât qu'il flaire longuement.

— On va y aller. Ce lourdaud finirait par croire qu'on l'a laissé tomber.

Raoul harnache Amarok, se charge et reprend sa route, la pipe aux dents, soufflant à petites bouffées la fumée qui entre dans sa barbe.

Ils vont ainsi durant plus d'une heure avant de voir Timax sans son barda, le fusil à la main et qui vient à leur rencontre en se cachant comme un chasseur qui tente d'approcher une harde.

— Qu'est-ce que t'as branlé ? Tu fais exprès de traîner pour me foutre la trouille.

— J'ai pas traîné. J'ai fait la pause normale pour Amarok et pour moi aussi. Mais toi, qu'est-ce que t'as fait de ton bordel ?

— J'allais pas revenir avec.

— Où il est ?

— Où je me suis décidé à retourner.

— Loin ?

— Pas tellement.

— T'es vraiment maboul. Y peut venir un ours ou des renards, nos sacs vont être beaux. Ma parole, on dirait que c'est la première fois que tu sors en forêt.

Raoul a haussé le ton.

— M'engueule pas.

La voix de Timax est à ce point pleine de désespoir, que le trappeur évite de crier pour ordonner :

— Allez, fonce. J'ai pas envie qu'on se retrouve sans rien à bouffer !

Le costaud se met à courir. Sa foulée pesante ébranle un instant le sol. Il s'éloigne très vite et Amarok, tout étonné, le regarde et regarde son maître.

Il leur faut une bonne demi-heure pour rejoindre le

garçon qui s'est arrêté au plus obscur d'un sous-bois d'épinettes où la piste s'enfonce comme en un tunnel. Dès qu'il les voit arriver, il se charge et repart sans un mot. Amarok, qui semble un peu dérouté, lui emboîte le pas, s'assurant de temps en temps que Raoul est derrière. Ils vont ainsi un bon quart d'heure avant d'atteindre une place de feu. C'est une clairière d'à peu près vingt pas de diamètre au milieu de laquelle se trouvent un tas de cendres et quelques grosses pierres. Comme Timax continue, Raoul crie :

— Oh ! Où vas-tu ?

Le garçon se retourne.

— Tu vas pas encore t'arrêter ?

— Encore ? Ben dis donc, t'as pas envie de dormir un moment, toi ?

Timax pose ses baluchons et fait basculer la charge qu'il porte en travers de son sac à dos. Il revient jusqu'à Raoul. L'eau ruisselle sur son visage comme s'il sortait du fleuve.

— Tu vas tout de même pas nous faire roupiller ici ?

— Bien sûr que si.

— Mais tu vas...

Cette fois, Raoul élève la voix.

— Ça va pas recommencer toutes les cinq minutes. Non ? Tu fais ce que je te dis, sinon, je te laisse te démerder.

— Mais bon Dieu, Raoul...

La voix est suppliante.

— Tu peux chialer si tu veux, tu me feras pas changer d'avis. Tu poses ton sac, tu rassembles les autres et tu commences à ramasser du bois...

Cette fois, on dirait que Timax vient d'être frappé par la foudre. Il bégaie :

— Du... du bois. Tu voudrais faire du feu. Alors, je te jure que t'es cinglé !

— Le cinglé est celui qui couche sans feu quand il gèle.
— Mais y vont nous repérer comme rien.
— Tu m'emmerdes, à la fin. Tu vas pas te prendre pour le nombril du pays. T'es pas tout seul dans la forêt. Les Indiens font du feu. Les coureurs de bois et les prospecteurs aussi. Allez, dépêche-toi. Te voir avec une trouille pareille, je te jure que ton pauvre père serait pas fier de toi.

Le visage du costaud se transforme. Une grande douleur le tord un peu, puis c'est comme une clarté qui inonde le regard et détend les traits. Hochant la tête, il semble vouloir parler, mais il s'abstient et se met au travail. Le chien débâté a tout de suite filé vers un ruisseau qui court en direction du fleuve. Les deux hommes rassemblent du bois mort et Raoul allume un feu. Les aiguilles de pin et les brindilles gorgées de résine se mettent à crépiter. Timax ne dit rien, mais il semble effrayé par ce vacarme qui doit s'en aller très loin, aux quatre points de la rose des vents, et tout particulièrement en direction du poste de la Police Militaire, à Saint-Georges-d'Harricana. Depuis que la lueur des flammes s'est mise à danser, la nuit s'est éloignée. Elle boucle un cercle à quelques pas du feu. Un cercle qui se déforme, qui fait onduler les troncs éclairés et leur ombre portée. La forêt n'est plus du tout la même. Elle s'est peuplée de mille personnes inconnues que Timax n'avait certainement jamais rencontrées, car il ne cesse d'épier, de se tourner à droite et à gauche. Raoul qui a deviné ce qu'il cherche pense qu'il vaut mieux prendre ça à la rigolade. Il demande.

— T'as perdu quelque chose?

Le costaud hausse les épaules.

— Tu peux rigoler. Moi, je suis certain que c'est trop près pour s'arrêter.

Raoul, qui s'est assis sur ses talons pour ramasser une brindille enflammée et allumer sa pipe, se relève lentement. S'approchant de Timax, il dit :

— Ecoute-moi, mon petit. Si tu te trouves trop près, tu continues. Tu connais la piste aussi bien que moi. Tu peux pas te tromper. Tu t'arrêtes quand tu veux. On se retrouve demain.

Il parle calmement, mais sa voix et son regard trahissent la colère qui bout en lui. Comme le garçon fait mine de se retourner, il le prend par le bras et l'oblige à demeurer face à lui. Il reprend :

— Si on veut continuer tous les deux, faut qu'on soit bien d'accord. La direction, c'est moi qui la donne. Le départ, la halte, c'est moi aussi. Si tu me fais confiance, y t'arrivera rien. Si tu veux faire à ta manière, je rentre à Saint-Georges, et tu te démerdes. Mais je rentre avec Amarok.

Le garçon a baissé la tête. Il la relève pour dire :

— Faut pas m'engueuler, Raoul. Mais qu'est-ce que tu veux...

Raoul laisse passer un temps avant de demander :

— Alors, qu'est-ce que je veux ?

Le garçon se trouble, son regard que la flamme fait étinceler va de Raoul à ce cercle d'ombres dansantes qui les entoure et les sépare de la nuit.

— Ce type, si y m'avait pas cherché... Bonsoir, pour un coup de poing !

Il regarde sa grosse patte qu'il ouvre et ferme deux ou trois fois avant de la laisser tomber le long de sa cuisse. Raoul lui tape sur l'épaule. Le plus doucement qu'il peut, il dit :

— Allez, couche-toi, va ! Demain, ça ira mieux.

Il regarde Max installer son long sac de peaux de lièvre

dans lequel il s'enfile après avoir quitté ses bottes et sa culotte.

— Et toi, tu te couches pas ?

— J'ai tout le temps.

D'habitude, Timax s'endort comme une masse. Ce soir, il se tourne d'un bord sur l'autre, il vire et revire, scrute l'ombre, se soulève, se recouche et soupire longuement. Raoul voudrait s'approcher de lui, lui parler gentiment pour le rassurer. Il hésite. Il cherche en lui des mots qui ne viennent pas. Se levant, il s'éloigne du feu pour aller pisser et grogne :

— Qu'est-ce qu'on peut dire ? Rien. Rien de rien !

Lorsqu'il a fini, il fait encore quelques pas en direction de l'ouest, jusqu'à retrouver le scintillement de l'eau. Amarok qui l'a suivi fourrage dans des broussailles d'où s'élève bientôt le vol pesant d'une gélinotte huppée qui s'éloigne en direction du fleuve. La lune a encore baissé, les reflets sont beaux, ils semblent fouiller l'Harricana au plus profond. Raoul s'adosse à un tronc qui a perdu ses branches. Il rallume sa pipe et la fume lentement, comme fasciné par ce spectacle qu'il a mille fois contemplé et qu'il retrouve toujours avec la même émotion. Avant de reprendre le chemin du bivouac, il soupire :

— Dire qu'on a tout. Tout le meilleur de la vie. Y faut des conneries pour le foutre en l'air.

21

Ils se sont réveillés bien avant le premier lait verdâtre de l'aube sur la rivière. Ils ont mangé et donné au chien ce qu'il lui faut pour une journée dure. Amarok a compris. Il fait aller son panache de droite à gauche sur son large dos en les regardant boucler les courroies et serrer les cordes. Il sourit de plaisir en découvrant le bout de ses canines pointues.

Raoul a refait le chargement. Il a préparé un ballot à poser sur le dos d'Amarok, en travers de son bât. Il a réparti le reste pour que tout soit mieux équilibré et plus aisé à porter. Timax n'aura qu'un seul sac, mais presque aussi énorme que lui.

— Si c'est pas assez lourd, plaisante Raoul, on t'ajoutera des cailloux.

Ce matin de lumière limpide qui joue dans la forêt porte à la bonne humeur. Timax semble avoir retrouvé son équilibre. Ce qui l'a rassuré, c'est l'histoire du canot. Il en a déjà parlé trois fois. Il y revient encore. Il semble s'y accrocher de toutes ses forces.

— Comment tu crois qu'il va faire, Steph ? Y va tout de même pas le couler. L'est encore tout bon, ce bateau-là.

— Je sais pas ce qu'il va décider, mais si j'étais à sa place, je sais bien ce que je ferais.

— Ah bon ? Dis-moi ça.

— Sur le coup des trois ou quatre heures du matin, je prendrais le canot, je traverserais avec, puis je le porterais chez Gendreau.

— Chez Gendreau ?

— Pas dans sa cuisine, bien sûr. Dans la scierie. Je le foutrais derrière des piles de planches. C'est pas ces fainéants qui iront les déménager pour chercher.

Raoul soupèse le plus gros sac. Timax l'empoigne à son tour.

— Y ferait le double, ça me gênerait pas.

— Faut tout de même pas qu'il soit deux fois plus haut que toi.

Ils rient encore et Timax demande, le front soudain barré de rides :

— Et tu crois que ces cons vont s'apercevoir qu'il manque un canot ?

— Sûrement pas.

— Alors ?

Raoul s'amuse un peu de l'inquiétude du garçon.

— Seulement, si j'étais à la place de Steph, je dirais à mes petits que le canot de Raoul a disparu. Les enfants, à l'école, ça cause. Je l'ai remarqué : pour faire connaître une nouvelle, c'est mieux que *L'Echo de Saint-Georges*.

A moitié détendu, Landry demande encore :

— Et tu crois qu'il va y penser ?

— Si t'es là pour me dire que mon neveu est un crétin, on va pas s'accorder longtemps...

Cette fois, le costaud se détend tout à fait. La joie du départ le prend. Il se tourne vers Amarok.

— Tu vois ça, mon vieux, comme il est malin, ce Raoul. Ces abrutis vont nous chercher partout où on peut aller en canot. Et nous, on va être où y a pas de quoi faire naviguer un bouchon.

— Chez Massard, y a tout de même un lac.
— Je sais, mais pour y aller en canot depuis ici...
— On y serait pas avant la formation des glaces.

Tout est prêt. Le soleil n'est pas encore là que déjà ils se mettent en route. Amarok a bien compris qu'on ne part pas pour une petite promenade et que tout est beaucoup mieux organisé que la veille. Il prend son pas régulier. Exactement réglé sur celui du trappeur qui, pourtant, marche derrière lui. Mais le chien connaît le rythme de son maître. Il n'a pas besoin de se retourner. Il l'entend. Il le sent.

Raoul porte son sac surmonté des deux paires de raquettes, sa musette et les deux fusils. Timax porte son fardeau à l'indienne, avec une large courroie sur le haut du front. Il va légèrement courbé. Il a fait ça cent fois sur des portages.

Le fleuve a pris la direction du nord-est et la piste le suit. Ils vont deux heures, puis ils font une halte d'à peu près un quart d'heure. Autour d'eux, la forêt se réveille. Il y a la respiration de la terre et des arbres avec, en plus, le départ des bêtes que leur marche fait fuir. Le vol des oiseaux, le frôlement des poils dans les buissons.

Après la deuxième halte, ils quittent le fleuve qui reprend sa marche vers le plein nord. Une piste filant sur la droite va les éloigner de son cours. Amarok s'est arrêté à l'intersection, il tourne la tête. Raoul lève la main et fait un signe.

— Va !

Timax en profite pour demander :
— Tu crois qu'ils penseront pas à Massard ?
— Je t'ai déjà dit que s'ils veulent penser à tous les gars qui vivent dans les bois et que je connais, y sont pas au bout de leurs peines. Ils n'ont qu'à aller au Magasin et relever la liste de ceux qui ont un compte. Ils peuvent

rechercher aussi tous les Indiens et les Eskimos à qui j'ai acheté des peaux ou vendu de la poudre.

Ils progressent à peu près une heure. Le soleil est chaud. La sueur ruisselle sur les visages et les dos. A plusieurs reprises, Amarok s'est arrêté le temps de boire à un ruisseau. A présent, il s'arrête de nouveau, mais en grondant doucement. Queue immobile, oreilles pointées, il fixe la sente tortueuse devant lui. Raoul s'arrête aussi et le costaud vient buter du front contre son sac. On dirait que la forêt entière s'est immobilisée pour écouter avec eux.

— Faut se planquer, souffle Timax.

— Non, ici, ça peut être qu'un ami.

Raoul n'a même pas porté la main à son fusil. Quelques minutes passent, puis débouche un homme qui semble aussi chargé que Timax et qui lève la main en signe d'amitié dès qu'ils sont en vue. Il vient jusqu'à eux et pose son fardeau. Raoul en fait autant, puis Timax. L'homme est un Indien sans âge qui dit que le temps est bon pour marcher et la piste belle. Raoul a débâté Amarok qui flaire l'homme et son sac. L'Indien montre le bât et le sac posé en travers :

— Bonne charge.

Moitié en français, moitié en algonquin, Raoul explique qu'ils ne vont pas loin et qu'Amarok peut porter ce poids. L'Indien admire. Il s'intéresse beaucoup au chien. Raoul dit qu'ils vont au lac Castagnier. L'Indien dit :

— Encore deux heures.

— Oui.

L'Indien explique alors qu'il se rend au lac de la Terre-sans-Arbres.

Ils restent un moment à parler. Raoul donne à l'homme du tabac à chiquer et de quoi bourrer trois pipes. Dès qu'il a disparu au détour de la sente, Timax, dont le visage est de nouveau bouleversé, se lamente :

— Cette fois, c'est foutu ! Suffit que ce type rencontre des M.P...

— Tais-toi donc. Tu connais assez les Indiens pour savoir qu'il ne dira rien.

— Ils n'auront qu'à le faire boire. Tu le sais très bien.

Raoul fait non de la tête, calmement.

— Tu vas pas recommencer, dis !

— On est faits comme des rats.

Le trappeur a un geste de désespoir.

— Mais quand est-ce que tu me croiras ?

Il hésite un instant puis, comme la face du costaud reste plissée d'inquiétude, il finit par dire :

— Je suis persuadé que ce type est au courant.

— Quoi ?

— T'énerve pas. Il vient d'un endroit où il a acheté des choses. On lui a certainement raconté. Je l'ai vu à sa manière de nous regarder. Et j'ai vu aussi qu'il ne parlera pas. Je parie tout ce que tu veux. Si jamais je me trompe, je te promets d'aller te voir en prison à Québec, à pied tout le long, avec des cailloux pointus dans mes bottes.

Le rire de Timax sonne faux. Il se tait pourtant et leur marche reprend.

Avant de s'accorder une pause plus longue durant laquelle ils boivent et mangent un peu, ils ont laissé sur leur droite la piste qui mène au lac Castagnier puis à Rochebaucourt.

— A présent, dit Raoul, on risque pas de rencontrer grand monde.

La forêt est plus dense, plus courte que sur les terres du fleuve. Le sol est moins plat avec des plaques de roches qui ouvrent de larges plaies dans le couvert. Dans les bas-fonds, c'est le thuya de l'Est qui domine. La piste décrit des méandres pour éviter les marécages, mais comme le sol est bien gelé, ils peuvent couper au plus court. Les trembles sont de plus en plus rares et chétifs, les bouleaux ne dépassent guère la grosseur d'un bras d'homme ; ce qui domine, c'est l'épinette blanche et l'épinette noire. Dès qu'on s'élève sur les collines rocheuses, les cyprès apparaissent dont l'écorce rousse s'écaille.

Une heure à peu près avant le crépuscule, ils s'arrêtent. Il y a là une place de feu avec un beau tas de cendres, des pierres noircies et quelques branches de résineux qui ont dû servir de matelas. Derrière, une claie est dressée pour couper le vent. Les deux hommes se déchargent. Aussitôt débâté, Amarok va boire à un ruisseau tout proche, puis il vient se coucher. Il sait qu'il n'aura pas à manger avant une heure. Les yeux mi-clos, il regarde le va-et-vient des hommes qui préparent leur bivouac.

22

Le vent s'est calmé, puis il a repris. C'est un vent qui ne sait pas très bien d'où il vient ni où il veut aller. Il tournique sur la forêt nue qu'il pénètre par endroits pour renifler jusqu'au sol. Le temps reste clair. Le froid ne gagne pas. Il cède même un peu de terrain vers le milieu de la journée, mais pas assez pour que la terre dégèle. Amarok et les deux hommes vont bon train. Parce que Timax était trop tendu et qu'il croyait voir ou entendre partout des ombres et des bruits menaçants, ils ont quitté la piste pour couper à travers bois vers le nord-ouest. La marche est plus pénible. Le chien comme les hommes s'accrochent aux branches avec leur barda. Ils doivent souvent s'imposer de larges détours pour éviter des fourrés, des fondrières ou de petits lacs pas encore gelés. A plusieurs reprises, ils sont contraints d'abattre des arbres qu'ils couchent en travers de ruisseaux à traverser.

— Dire qu'il y a une piste toute tracée, grogne le trappeur.

— Je sais bien que c'est con, mais je suis mieux là.

Et le costaud se démène comme un diable. C'est lui qui manie la hache, qui passe le premier dans les broussailles et force la voie. On dirait que d'user ainsi son énergie le délivre de sa peur.

L'après-midi du deuxième jour est à peine entamé lorsqu'ils s'arrêtent soudain. Amarok le premier a manifesté son inquiétude. Le nez en l'air respirant en direction de l'ouest, il a grogné. Les hommes écoutent. Entre deux caresses du vent, ils perçoivent un ronronnement.

— Avion.

— Bon Dieu, y nous cherchent avec un avion.

Le bruit se rapproche. Il vient du sud et va vers le nord.

— Ils suivent l'Harricana.

En disant cela, Raoul sourit. Il écoute un moment encore, puis :

— Steph a bien caché mon canot.

Le bruit s'éloigne, se modifie, revient pour s'éloigner encore. Suivant le cours du fleuve, l'avion doit dessiner quelques crochets. Comme il s'approche vraiment, le visage du garçon se contracte. Son regard fouille tout autour d'eux.

— Faut se planquer.

Ici, le saule et le petit tremble dominent. Pourtant, quelques sapins et des épinettes sont à dix pas. Raoul les montre.

— Là !

Amarok y est le premier, puis Timax qui a foncé dans l'entrelacs de branches comme un cerf pourchassé. Posément, Raoul les rejoint.

— Suffit de pas bouger.

Il venait juste d'allumer une pipe. Il appuie son pouce sur le foyer pour l'éteindre. Amarok grogne encore.

— C'est bien. Tais-toi, fait Timax.

Le trappeur rit.

— Est-ce que tu crois qu'ils vont l'entendre ?

Raoul lève la tête et pousse un terrible coup de gueule :

— Pouvez toujours chercher, bande de fumiers !

Epouvanté, Timax l'empoigne par le bras.

— T'es fou. Complètement fou.

Le moteur s'éloigne. Ils n'ont même pas vu l'avion. Raoul se lève lentement. Comme si Timax n'avait pas réagi, sans accorder aucune importance à son trouble et au tremblement qui secoue ses mains, il explique :

— Si jamais y revenait et qu'on soit à découvert, t'as qu'une chose à faire. Tu te baisses et tu bouges pas. Regarde quand tu chasses, t'as un orignal sur un flanc de colline à deux cents pas, y bouge pas : tu le vois pas. A côté, t'as un écureuil qui remue, tu le vois gros comme un bœuf.

Le bruit a totalement disparu. Ils demeurent encore un moment sous les résineux, puis Raoul donne le signal du départ. Ils vont quelque temps. Comme ils abordent à une savane qui s'étend sur un bon mille de largeur, Timax refuse de continuer :

— Non, non, faut rester dans le bois, c'est trop dégagé. Je veux pas me montrer comme ça.

Raoul fait des yeux le tour de cet espace où ne poussent que des touffes d'herbes folles, de gadelliers défeuillés et de myriques très maigres, rien qui dépasse le genou. Le contour doit représenter une bonne heure de marche supplémentaire. Raoul hésite un instant puis, avec un geste vague :

— Ma foi, tu fais bien comme tu veux, moi, tout ce chemin pour rien, ça m'intéresse pas.

— Je te dis que t'es malade !

— Ça doit bien faire cinquante fois en trois jours que tu me le répètes, je devrais aller à l'hôpital.

Sans se retourner, il s'engage à découvert toujours de son pas tranquille. Amarok file devant. Le trappeur s'abstient de regarder en arrière, mais son oreille reste en alerte. Le costaud écarte des broussailles. Il enrage. Les rives de ces terres, qui doivent être très humides en été, sont recouvertes d'une végétation extrêmement dense. Aux saules nains, aux aulnes et aux genévriers des steppes, se mêlent toutes sortes de viornes et de ronces qui sont autant de pièges entrecroisés. Raoul a parlé d'une heure. Chargé comme il est, Timax risque fort de mettre plus longtemps.

Bientôt, le trappeur entend débouler derrière lui un galop lourd. Il ne se retourne toujours pas. Un souffle de forge approche. Le bruit le dépasse bientôt. Amarok interroge d'un regard étonné. Bien des choses le surprennent depuis leur départ de Saint-Georges. Cette sortie en forêt ne ressemble à aucune autre.

— Dépêche-toi, bon Dieu !

Raoul ne répond pas. Amarok prend le trot pour suivre Timax.

— Amarok ! Reste avec moi. Tu vois bien qu'il est détraqué.

Le trappeur dit cela sans rire. Il y a quelque chose d'inquiétant dans cette montée de la peur. Il s'efforce de ne pas allonger le pas d'un pouce. A mi-distance, il s'arrête même pour rallumer sa pipe. Le garçon courbé sous sa charge atteint les premiers arbres. Il se retourne. Il fait des gestes. Pour un peu, Raoul s'arrêterait encore. Il continue pourtant. L'angoisse qui habite son compagnon ne le gagne pas, mais il la sent si douloureuse qu'il n'a pas le courage d'y ajouter. Pourtant, il ne fera rien qui puisse laisser penser un instant à Timax qu'il partage ses craintes.

Le soleil a déjà baissé. L'avion est sans doute rentré depuis un moment. Il ne reprendra pas son vol avant l'aube.

23

Amarok et les deux hommes ont marché encore une longue journée, puis une autre jusqu'au milieu de l'après-midi. Le soir, Timax que la nuit effraie toujours a parlé de filer droit vers le nord. D'éviter ce détour par le lac des Massard qui le terrorise.

— C'est perdre du temps.

— Tais-toi. Tu déparles. Qu'est-ce que tu veux foutre vers le nord sans attelage ?

— On ira chez le vieux Lalande, personne viendra nous chercher là.

— On ira. Mais pas sans rien. On est loin d'avoir de quoi passer l'hiver.

— Les M.P., y vont pas s'en douter, qu'on va chez les Massard pour avoir des chiens ?

— Mais bougre d'abruti, y nous croient en canot. Et puis, des chiens, y a cinquante endroits où je peux en trouver.

— C'est pas Massard qui va nous donner, mais...

— Merde !

Le coup de gueule du trappeur a imposé silence au garçon qui n'a plus rien dit. Ils ont marché sans parler. Avec, entre eux, sur eux, sur la forêt, quelque chose d'invisible qui pèse plus lourd que les sacs.

Vers les deux tiers du jour, le vent qui a tant varié depuis leur départ s'installe enfin. Il vient du nord-est d'où il tire une nuée grise uniforme. Il semble hésiter un moment puis, très vite, il prend du nerf. Ses rafales se suivent de plus en plus serrées. Elles sont très vite comme une chaîne irrégulière mais ininterrompue.

— On aurait suivi la piste, on serait rendus depuis longtemps.

Ce sont les premiers mots que Raoul prononce depuis l'aube. Comme Timax reste enfermé dans son silence, il ajoute d'un ton moins âpre :

— On a tout de même eu de la chance avec le temps jusqu'à présent.

— C'est mon père. Y nous voit. Y nous protège.

Cette fois, le trappeur retrouve son ton de gaieté :

— Ben je peux te dire que ton père, y s'est trompé d'au moins deux heures. Ça n'attendra pas qu'on soit arrivés pour tomber.

Déjà une minuscule poussière blanche et glacée, piquante comme du sable, se met à courir sur le bois. Seuls les résineux freinent sa marche, la dentelle des aulnes et des saules n'est pas un obstacle. Raoul donne l'ordre de s'arrêter à l'abri d'un bouquet de mélèzes. Il pose son sac.

— Quitte pas le tien, on repart tout de suite.

Il déboucle une sangle, sort deux tuques de laine.

— Je l'ai senti. Ce matin, je les ai mises dessus.

Il en donne une à Timax et enfile l'autre. Ecrasant son chapeau, il le met dans le sac qu'il referme.

— Allez, faut pas traîner.

Cette fois, c'est lui qui allonge le pas sans se soucier du garçon qui peine et souffle pour suivre.

Depuis qu'ils ont quitté la piste, Amarok n'ouvre plus la marche, il est sur les talons de Raoul.

Très vite, le rideau blanc devient gris. Il mange la lumière. Il s'épaissit jusqu'à limiter la vue aux arbres les plus proches.

— T'es content, crie Raoul, personne risque de nous trouver par ce temps.

Timax a du mal à s'accrocher. La charge qu'il traîne a fini par venir à bout de sa force. Son souffle est de plus en plus rauque.

Avec une espèce de joie féroce dans la voix, sans se retourner, Raoul l'encourage :

— Allez ! Allez ! Fonce. Si tu te laisses semer, t'es foutu.

— Salaud, tu ferais pas ça.

— Qui c'est qui a voulu quitter la piste ?

Il faut avoir l'instinct et le flair d'un loup pour ne pas se mettre à tourner en rond dans cet univers où tout se brouille, se mêle, court et tourbillonne. Raoul va sans jamais marquer la moindre hésitation. Il va ainsi un peu plus d'une heure pour atteindre enfin la piste qui longe le lac des Massard. L'eau n'est visible que sur quelques mètres. Les rives, par-delà les herbes déjà écrasées, sont bordées d'un feston de glace où la neige commence à prendre. Sur la piste, la couche atteint déjà un bon pied.

— Plus vite, sinon on va être obligés de chausser les raquettes.

Déjà Amarok a repris la tête. Il n'a pas hésité sur la direction. Il donne des signes de nervosité. Il accélère la cadence en dépit des bourrasques et de la couche qu'il brasse et fait voler. De loin en loin il se retourne, frétille et grogne.

— Amarok ! Attends-moi.

Le chien s'arrête, mais son œil luit d'une manière inhabituelle. Dès que Raoul est à trois pas, il repart. Il parcourt vingt mètres de sa foulée habituelle, puis, comme attiré par une force à laquelle rien ne peut lui permettre de résister, il allonge un peu plus, accélère et prend le trot. Raoul le rappelle.

— Rien à faire, hein ! T'as senti la famille. T'as le feu au cul. Au moins, avec toi, on est certain qu'il y a du monde.

La queue en panache se balance avec de plus en plus de vigueur, balayant la neige sur le sac brun qu'Amarok porte en travers de son bât. Le vent s'aiguise. Il mord davantage et les hommes vont courbés, la tête tournée vers la droite, le bonnet enfoncé jusqu'au cou. Sur l'eau noire du lac, les rafales passent très vite pour se perdre dans le mur gris qui semble s'approcher de plus en plus.

Bientôt, la piste s'éloigne de la rive. Plus d'arbres. Rien que la blancheur d'où n'émergent que quelques touffes noires. Amarok n'hésite pas. Il file droit et, cette fois, Raoul ne le rappelle pas. A peine est-il absorbé par la tempête que des jappements se font entendre. Raoul regarde vers le haut de l'espace dénudé qui monte en pente douce. Une vague lueur se dessine sur la ligne d'ombre de la forêt. Une autre plus vive paraît. La porte vient de s'ouvrir. Une voix crie.

— Bon Dieu, c'est Amarok... Le grand doit pas être loin.

Raoul se retourne. Timax n'est qu'un grognement qui progresse lentement. Un grognement sourd, venu du fond d'une peine terriblement lourde. Ce n'est plus un homme qui avance. C'est un arrachement. Avec douceur, le trappeur dit :

— Nous voilà rendus.

Il parle comme s'ils venaient vraiment d'atteindre un havre de sécurité dont plus rien ne pourra les déloger.

24

La demeure dont la porte vient de s'ouvrir est une surprenante baraque aux murs de bois rond en partie habillée de bidons éventrés. On la devine un peu de guingois sous son toit déjà blanc. Sur la droite d'où partent les jappements, des formes remuent et font voler la neige. Les chiens se dressent. Ils tirent sur leurs chaînes. Amarok grogne et Raoul doit le faire taire. Simon Massard s'avance pour aider le trappeur à déboucler le bât. Dès qu'il est déchargé, Amarok fonce vers les autres et les gueulements redoublent.

— Laisse-les se démerder, dit Simon. Les seuls nouveaux sont des jeunes. Ça craint rien.

— Tu parles que je vais pas m'en mêler.

Simon s'écarte pour les laisser entrer. C'est un petit homme maigre, visage rasé et crâne pelé, peau luisante sur les pommettes et les mâchoires saillantes. Il les aide à se décharger. Quittant le fauteuil qu'il occupe près du fourneau, un grand vieillard sec et nerveux empoigne un bâton et s'avance en boitant. Sa voix est curieuse, avec une alternance de graves et d'aigus fragiles.

— Salut, Hippolyte! crie Raoul. On vous amène le beau temps.

Le rire du vieux chevrote.

— C'est toi, grand brigand. Je m'en doutais. T'es comme le harfang des neiges : c'est la tempête qui t'amène.

— Seulement, moi, je fais le contraire de votre oiseau, je vais au-devant. Je trouve toujours que l'hiver vient pas assez vite.

Le vieux se met à rire. Sa barbe s'ouvre sur une bouche totalement édentée où luit une langue pointue. Il regarde Timax et cligne de l'œil.

— Et toi, bas-du-cul, ça fait un bout de temps qu'on t'a pas vu. T'as quand même pas amené ta promise dans ton sac.

Timax reprend son souffle. Son visage cramoisi ruisselle. Il quitte sa tuque et de grosses gouttes se forment aussitôt sur son front bas pour suivre ses sourcils, son nez un peu écrasé, et s'accrocher à sa barbe rousse qu'il n'a pas rasée depuis leur départ.

Les quatre hommes occupent tout l'espace que laissent la table, les tabourets, le fauteuil à bascule du vieil Hippolyte, le gros poêle à deux ponts et une pompe en laiton fixée au mur au-dessus d'un minuscule évier de fer émaillé. Le vieux regagne sa place. Une porte basse s'ouvre, à gauche du fourneau, et une petite femme noiraude et rêche comme un sansonnet paraît, l'œil dur, le front plissé. Le visage de Timax se contracte. Raoul a un mouvement d'étonnement.

— Vous avez du monde ?

Le vieux pouffe :

— Tu parles du monde, c'est l'Eléonore, la perle à Simon.

Air soupçonneux, visage renfrogné, la femme s'approche. Une moustache ombre ses lèvres minces. Elle grogne :

— Qu'est-ce que c'est que ces deux-là ? Y vont me souiller mon lino.

Hippolyte fait claquer sa canne sur la table.

— Sacrebleu de foutue garce ! Des amis qui s'en viennent des cinq cents diables, et tu grinches pour trois gouttes d'eau. Y pourraient bien me faire entrer le lac dans ma maison que je serais tout de même content de les voir !

Les deux hommes se débottent près de la porte où ils laissent aussi leurs grosses vestes. Puis ils contournent la table pour s'approcher du feu. Raoul doit se baisser pour ne pas heurter du front les lanternes, les bidons, les pièges, les paniers et toutes sortes d'objets suspendus au plafond. La femme est allée prendre un bout de sac. Elle essuie le sol en ronchonnant. Pour faire de la place, le vieux approche encore son fauteuil du fourneau sur lequel chante une grosse bouilloire. Il désigne la femme, son œil s'allume de malice.

— Ah, tu la connaissais pas, mon Raoul, l'Eléonore. Ben figure-toi que nous autres, on l'avait oubliée.

— Taisez-vous donc, grince la femme en se relevant. Y a pas de quoi être fier.

Le vieux tambourine le sol avec sa canne et crie que si quelqu'un doit se taire, c'est pas lui. Puis Simon demande :

— La chèvre, c'est fait ?

Sans répondre, la femme va chausser des sabots, elle s'enveloppe d'un large fichu, allume la lanterne, prend une petite seille et sort.

— Bougre, grogne le vieillard. Y a pas que les chiens qu'on sait dresser, nous autres !

— Toi, père, tu exagères un peu, fait Simon. Elle est pas si mauvaise que ça. Elle te soigne mieux que moi.

La voix du vieux se radoucit :

Les Massard

— C'est vrai. Mais faut pas lui laisser prendre le mauvais pli. Elle finirait vite par nous mener. Déjà qu'elle nous a fait mettre du lino sur le plancher. On avait toujours vécu sans ça. Et bien mieux.

Simon l'interrompt. Il s'adresse à Raoul :

— On pensait pas la revoir. Je l'ai épousée, j'avais vingt-deux ans. On était un peu plus au sud. Elle a pas été foutue de se faire à notre existence. Elle passait pas une heure sans nous traiter de sauvages. Ça a pas traîné : je lui ai fait faire son baluchon puis je l'ai foutue dans le premier train !

— Et à présent, elle se plaît ici ?

Le vieux part à nouveau de son rire caverneux.

— La faim fait rentrer le loup dans le bois quand le caribou s'y trouve !

— Elle était plongeuse dans un restaurant qui a fermé. Avec la crise, pour trouver ailleurs...

Simon se lève pour aller vers un petit meuble taillé à coups de hache et en revient avec quatre verres et une bouteille.

— Elle nous a quand même fait du vin de pissenlit. C'est pas si mauvais que ça. Puis un tas d'autres boissons avec tout ce qu'elle trouve.

Il verse un liquide brunâtre tandis que Raoul dit :

— On savait pas. Sinon, on serait pas venus déranger.

— Déranger, fait Simon. Ferait beau voir. Au contraire. Je te dis qu'une chose, c'est que vous allez manger comme vous avez jamais mangé ici. Si j'avais su qu'elle avait si bien appris la cuisine, y a belle lurette que je serais allé la chercher.

Ils se sont tous assis, mais Timax ne tient pas en place. A plusieurs reprises, il tousse puis finit par heurter Raoul du coude. Il souffle :

— Faut continuer.

— Qu'est-ce que tu dis ? fait Simon.

Raoul intervient :

— Il a peur de déranger. Y veut qu'on parte.

Une lueur passe dans le regard du vieux qui se tourne vers son fils. Un instant, le hurlement du nordet et le grincement de quelques tôles sont les seuls bruits, aussi lourds qu'un profond silence. La barbe du vieillard remue. Sa main se lève. Au moment où il va parler, la porte s'ouvre. La femme entre. Raoul dit :

— Ça fait un moment qu'on est là, je m'en vais donner à Amarok.

— Je vais avec toi.

Le trapu se précipite vers le sac qui contient la viande séchée.

— Vous avez pas besoin d'être deux, dit le vieux.

— Que si. Je veux y aller.

Timax est de nouveau pareil à un enfant capricieux. Les trois autres se regardent. La femme semble les ignorer. Le dos tourné, elle remue un bidon et une casserole sur son évier sonore.

25

Dès qu'ils sortent, la tempête les empoigne. Elle a redoublé de violence. La neige en poussière d'or passe serré dans la clarté qui tombe des vitres. Timax a à peine refermé la porte que déjà Amarok déboule. Invisibles, les autres chiens se mettent à gueuler.

— Donne-lui, dit Raoul.

Timax reste pour nourrir Amarok tandis que Raoul avance en direction des jappements. Dans l'obscurité, de la neige jusqu'aux genoux, il sent les chiens enchaînés se dresser contre lui. Il empoigne à pleines mains la fourrure mouillée et lance des noms.

— Smoki... C'est toi, Smoki...

Le husky gémit de plaisir.

— Doucement, Oukiok. Ah, mon beau, tu me reconnais...

L'émotion noue sa gorge. Il va ensuite flatter les jeunes qu'il ne connaît pas encore et qui mordillent ses mitaines. Très vite, Timax le rejoint. Ils se devinent à peine. La forêt hurle. Le ciel invisible court au ras de la terre.

— Faut foutre le camp, dit Timax. Tout de suite.

— Si le cœur t'en dit, je te retiens pas.

— Déconne pas, Raoul. Cette bonne femme nous vendra.

— A qui ?
— Aux M.P., tu sais bien.
— Tu crois qu'elle en a caché un dans son giron ?
— Rigole pas. Y a des choses qu'on sent comme ça. D'instinct. Si je reste là, je suis foutu.

Raoul l'empoigne et le secoue.

— Espèce de gourde, tu vas réfléchir une minute, oui ! Elle sait rien, qui est-ce...
— Si y viennent l'interroger.

Cette fois, le trappeur se fâche. Il gueule :

— Quand donc, bougre d'abruti ? Cette nuit ?

Les chiens font la vie. La neige qu'ils soulèvent se mêle à celle qui passe. Raoul part en direction de la lumière. Amarok achève de dévorer sa ration de poisson séché. Le trappeur dit :

— Y va aller dormir vers Arnatak. Les autres mâles ne diront rien. C'est toujours lui le chef. Ils le savent.

La voix du trappeur est redevenue calme. Il parle comme si tout était en ordre. Comme si nulle inquiétude ne pesait. Devant la porte, Timax le retient le temps de demander :

— Faut partir demain matin, hein ? Avant le jour. Tu vas demander à Simon pour les chiens.
— T'inquiète pas, j'ai pas envie de moisir ici. On est venus pour l'attelage, on est pas venus pour faire de la terre.

Amarok les a accompagnés jusqu'à la porte. Lorsqu'elle s'ouvre, une buée chaude qui sent la viande cuite ruisselle sur le seuil. Les hommes disparaissent. La porte refermée, le vent balaie instantanément cette tiédeur parfumée. Amarok revient flairer l'endroit où il a mangé. Il ramasse un peu de neige qui sent le poisson, puis il file vers les autres chiens. A mesure qu'il remonte la longue chaîne où sont fixées celles qui retiennent chaque bête, les jappements se font plus rageurs. Des gémissements aussi venus des femelles. Amarok passe au large, sans même tourner la tête. Il va ainsi jusqu'à sa favorite, Arnatak, une belle chienne croisée husky et loup qui lui a déjà, par deux fois, donné une belle portée. Elle ne jappe pas. Elle sait qu'il viendra la rejoindre. Ils ont en commun ces jeunes chiens et surtout de longues courses vers le nord. Des batailles avec des ours, d'interminables chasses.

Dès qu'il arrive vers elle, Arnatak se couche dans la cuvette que son corps a déjà creusée. Amarok se colle contre elle. Leurs fourrures se mêlent, la chaleur de l'un passe à travers la laine pour joindre la chaleur de l'autre. Peu à peu, les grognements des voisins s'apaisent. La neige s'accumule contre le flanc d'Amarok, elle commence déjà à les recouvrir tous les deux. La tempête redevient très vite la seule vie de la nuit.

26

Ils ont mangé une soupe épaisse. Une recette que la femme a rapportée du restaurant. Il doit y avoir plusieurs légumes et de la viande. Le vieux prétend que ce sont des os dont les chiens n'ont pas voulu, mais il le dit sans méchanceté, plutôt avec un petit air admiratif. Ils ont également pris du bœuf salé cuit avec de gros haricots rouges. Eléonore les a servis sans trop rechigner. Elle a même essayé de sourire à plusieurs reprises, relevant sa lèvre moustachue sur sa mâchoire où il manque deux incisives et une canine. Ce trou noir lui donne un drôle d'air. Elle porte haut, tout droit sur le crâne, un chignon gris qui tremble à chaque geste qu'elle fait, comme s'il allait tomber.

Ils ont mangé sans que Raoul souffle mot de ce qui les amène. Dès la fin du repas, épuisé, Timax s'endormait sur la table. Raoul l'a expédié en disant :

— Tu sais où est la chèvre. Va. Et la saute pas.

Le costaud est sorti dans la tempête avec son sac et une torche électrique. De tout le repas, il n'a pas articulé une syllabe. Dès après son départ, Simon dit :

— L'a pas l'air dans son assiette.

Raoul jette un coup d'œil en direction de l'évier où la femme récure ses casseroles.

— Faut que je vous cause.

Il se lève, va jusqu'à son sac d'où il sort une bouteille de gin qu'il apporte sur la table. Il ajoute :

— Entre hommes.

La femme n'a pas entendu. Ou alors, elle fait comme si. Le vieux lance :

— Laisse tes casseroles et va te coucher.

Elle se retourne.

— Si je suis de trop...

— Discute pas. Va au lit. On t'en demande pas plus.

Sans un mot Eléonore disparaît par la porte basse. Ils écoutent un moment le plancher qui couine sous son pas. La fumée des trois pipes enveloppe la grosse lampe suspendue au-dessus de la table d'un nuage mouvant. Les vagues du vent déferlent sur le toit et contre les murs. Les plus lourdes secouent la porte et la fenêtre dont les vitres vibrent.

— On aurait eu ça la nuit dernière, dit Raoul...

— Où étiez-vous ?

Il raconte comment ils sont venus, mais sans dire pourquoi. Lorsqu'il a terminé, il s'arrête. Sa pipe est éteinte. Il fait tomber un peu de cendres dans le creux de sa main et va les verser dans le cendrier du fourneau. Ayant repris sa place, il se cure la gorge, rallume sa pipe et regarde les deux Massard qui l'observent avec curiosité. Après un long moment, il se décide :

— Bon... Seulement, faut que je vous dise pourquoi on est venus ici...

Fermant à demi les paupières sur ses yeux pétillants, le vieux tapote la table de ses longs doigts maigres, déformés et noueux.

— Bah ! Laisse voir faire. Si tu crois qu'on le sait pas.

Raoul sursaute. Son front se plisse. Sa pomme d'Adam monte et descend trois fois au moins sans qu'il puisse avaler sa salive. Le vieillard se triture la barbe. Il ne peut réprimer un petit rire.

— Je sais que c'est pas drôle, fait-il, mais de te voir comme une chèvre qui s'étrangle avec une pomme, ça me fait rigoler, mon pauvre Raoul. Je me demandais : « Y va le dire, ou y va pas le dire ?... »

A son tour, Raoul l'interrompt avec un geste pour désigner la porte par où vient de disparaître la femme.

— Savez ce que c'est. On vient tout à l'aise avec l'idée de vous trouver les deux, on tombe sur elle. Ça fait un choc... Mais bonsoir, qu'est-ce que vous savez ?

Le père et le fils se regardent. Une fois de plus, c'est le vieux qui parle :

— Le costaud a estourbi un gradé de la M.P.

Il y a un temps, exactement comme si Raoul venait d'apprendre cette nouvelle. La gorge serrée, il demande :

— Comment vous le savez ?

— Un Algonquin qui s'en allait vers le lac de la Terre-sans-Arbres s'est arrêté. Il nous a dit.

— Mais comment vous avez deviné qui c'était ?

— Il le savait. Il a dit : « Le jeune jambes-courtes qui fait les chaussures au Magasin Général. » Il a même dit : « Il est parti avec le trappeur qui se bat facilement. »

Raoul soupire. Il ne s'était pas trompé. Il savait, et pourtant...

— On l'a croisé.

L'Indien les a reconnus. C'est bien dans la manière de son peuple de n'avoir rien dit. Il ne dira jamais à personne qu'il les a rencontrés.

Le vieux laisse filer très lentement une longue tige de fumée entre ses lèvres presque invisibles sous la barbe et la moustache, puis ayant bien pris son temps, très calme :

— On vous attendait.

Le trappeur paraît surpris.

— Oui, oui, fait Simon. Je me suis dit : Raoul sait qu'il passe pour un fou du Nord, il va aller au nord, bien sûr, mais y fera un crochet par ici. Il viendra où on risque pas de le chercher. Il viendra où il y a des chiens.

Ils s'observent un moment tous les trois, puis, comme gêné de sa curiosité, c'est Simon qui demande :

— Qu'est-ce qui s'est passé ?

Raoul baisse le ton. Il raconte. Le vieux constate :

— Vous êtes mal tombés, avec cet ivrogne.

— C'est sûr.

Simon a un petit ricanement :

— Bien tombés avec les curés, mal avec la M.P. Qu'est-ce que tu veux, c'est tout de la racaille de militaires, c'est payé pour faire marcher le monde.

— S'il y a mort d'homme, observe le vieux, ce sera plus les M.P. Ce sera la Police Fédérale. Et pour le Nord, c'est les gens de la Monty.

— La loi est pas tendre, dit Simon.

— Tout de même, y a des limites. Timax, on le connaît, c'est pas un voyou.

La voix du vieux s'est durcie. Son poing sec s'est fermé sur la table, son autre main serre sa canne. Il réfléchit, son front se plisse davantage. Il ajoute :

— C'est vrai qu'à l'autre guerre, c'est aussi les M.P. qui cognaient sur les manifestants dans les rues de Québec, quand on refusait la conscription.

Raoul se tourne une fois de plus vers la porte du fond.

— Elle sait ?

— Elle a entendu l'Algonquin.

— Si on vient l'interroger ?

Sans que sa voix trahisse la moindre émotion, le vieux dit :

— Elle me connaît. Si elle parle, je lui fous un coup de fusil.

Raoul remplit les verres. Ils boivent. Un long moment, ils écoutent hurler la nuit. Puis Simon demande :

— Les mines, où ça en est ?

— Comme en 14. Le cuivre, ça marche à fond. Le fer pas mal aussi, mais l'or, c'est foutu.

— Je me demande pourquoi les jeunes qui veulent pas se marier vont pas s'embaucher, puisque les mineurs sont exemptés ?

Raoul a un geste d'impuissance.

— Va toujours chercher une place. Tout le monde veut descendre au fond.

Il se tait un instant. Son regard s'assombrit quand il ajoute :

— Tout le monde sauf celui qui a des raisons de pas descendre.

Simon a l'air ennuyé, son crâne à moitié chauve se plisse.

— Excuse-moi. Je pensais pas à ça.

— Tu sais, entre la guerre et la mine, je me demande où sa pauvre mère aurait préféré le voir... Seulement, à présent, c'est plus pareil.

Les deux Massard se regardent en hochant la tête, puis le vieux dit :

— En 18, y en a qui se sont cachés pas bien loin de Montréal. Personne les a trouvés.

— Je sais, fait Raoul. Seulement, ceux qui se cachent pour pas être soldats, on les cherche sans les chercher. Un qui a tué...

Il n'achève pas sa phrase. Le dernier mot est entre eux comme un bloc. Un long moment passe avec le couinement des tôles, le grincement des rafales, puis c'est Simon qui parle :

— Surtout un de la police.

C'est tout. Il n'y a rien à ajouter. Raoul pourrait

rencontrer tout le Québec, aller dans toutes les demeures de l'Abitibi, on répéterait partout ces mots qui font peur et que suit toujours le même silence épais. Et c'est lui, Raoul, qui se décide enfin :

— On partira le plus vite possible. Si t'es d'accord, Simon, je te réglerai...

Simon lève la main comme s'il voulait gifler Raoul d'un revers.

— Si t'as envie qu'on se fâche...

Ils discutent un moment sur le meilleur moyen de former un équipage tout en laissant à Simon de quoi en monter un autre avec ses jeunes bêtes.

— Demain on fera des essais.

— Demain, annonce le vieux, y neigera plus. Ça risque même de tourner au froid.

Simon se lève pour recharger le feu. Il dit en montrant le lit de fer calé dans l'angle de la pièce :

— On peut plus te proposer de coucher là.

— Je le ferais pas, je veux pas laisser Timax tout seul. Ça le remue trop, cette affaire.

Tant que la porte du foyer reste ouverte, le feu gronde dans les tuyaux de tôle. Simon referme. Le grognement s'apaise.

— Tu vois, dit le vieux avec un ricanement, ce couillon-là, il a laissé le cagibi de derrière à sa femme. Seulement, elle y a pas encore passé un hiver. Attends que le froid s'en vienne, on va l'entendre chanter.

— On laissera la porte ouverte, dit Simon.

La main sèche du vieillard claque la table.

— Je t'ai déjà dit que non. C'est moi que ça ferait geler ici !

— Pourquoi tu couches pas avec elle ? demande Raoul, c'est ta femme.

Simon regagne sa place en hochant la tête. Au passage,

il accroche à la barre de cuivre le pique-feu qui se balance en heurtant la fonte.

— Ben ma foi, après tant d'années, je pourrais pas. Ça me ferait l'impression de coucher avec ma mère. (Il rit.) Je préfère coucher avec le père. On s'entend très bien.

Les voilà partis à rire tous les trois. Et pour que la joie qu'ils sentent fragile mais qui suffit à éloigner un instant l'angoisse ne s'effrite pas trop vite, ils se hâtent de l'alimenter. Ils parlent des années sans soucis. De la forêt. Des heures de grande liberté. Ils s'accordent un moment à revivre la chasse, la trappe, les interminables courses d'hiver en traîneau, pour aller acheter des fourrures aux Indiens et aux Eskimos. Ils évoquent leurs meilleurs équipages. Et comme, de génération en génération, ce sont toujours les mêmes noms que l'on reprend pour les chiens, ils en viennent vite à confondre et à se disputer. C'est souvent le vieux qui tranche. Il a une terrible mémoire. Il se souvient de tout dans les moindres détails. Plus les événements sont anciens, plus ils lui sont présents. Avec l'aide de l'alcool, ils ont vite fait de remonter très loin. Vers d'autres tempêtes de neige dont le bruit venu du fond des années mortes se mêle aux hurlements de cette nuit qui fait craquer toutes les jointures de la vieille baraque de bois.

27

Quand Raoul sort, Amarok se lève de dessous son cocon de neige et bondit. Il était toujours à côté de la chienne qui couine en le voyant partir. Les autres remuent à peine. La neige tombe moins serré et une vague clarté noie tout, enveloppant la maison, laissant deviner la forêt en mouvement.

— Allez, retourne te coucher vers Arnatak. Elle t'appelle. Allez, va vite.

Il y a des bruits de chaîne, d'autres chiens se lèvent et voudraient approcher. Les jeunes pleurent.

— Taisez-vous ! Couchés !

Raoul contourne la maison. L'appentis bourré de fourrage est garanti du Nord par un vrai rempart de bûches empilées. Une congère s'est levée devant la porte. Raoul déblaie un peu à grands coups de bottes et entrouvre tout juste ce qu'il faut pour pouvoir se glisser à l'intérieur. Aussitôt, le faisceau de la torche électrique se braque sur lui.

— C'est toi ?
— Non, c'est le pape !
— Tu y as mis le temps.
— Tu dors pas ?
— Je risque pas.

— Détourne cette lumière, tu m'aveugles.

Timax pose la lampe dont la lueur éclaire à présent le plafond bas où pendent des peaux et des feuillages desséchés.

— Qu'est-ce que t'as ?

Timax se lève. Il ne s'est pas déshabillé.

— Tu penses tout de même pas que je peux dormir, non !

— Tu t'endormais sur la table.

— Depuis que je suis là, rien à faire. Je vous entendais gueuler. Qu'est-ce que vous avez dit ?

— Rien d'intéressant.

Il s'approche et empoigne Raoul qu'il secoue.

— Tu leur as pas demandé les chiens ?

— Bien sûr que si.

— Alors ?

— Ben quoi, tu penses pas qu'ils allaient refuser.

— Faut vite partir. Ça souffle moins.

— Tu vas te coucher et fermer ta gueule. Et tu vas tâcher de roupiller. Demain, on fera des essais d'équipage. Quand ce sera bon, on partira.

— Demain matin ?

— Merde !

Raoul s'est dévêtu et s'enfile dans son sac en peaux de lièvre.

— Eteins ça.

Timax éteint. Raoul l'entend grommeler et remuer sur la paille. La chèvre tire sur sa chaîne. Après un long moment, d'une voix tout à fait paisible, comme s'il se parlait à lui-même, Raoul explique :

— On s'est entendus pour les chiens et pour le reste. On va gagner le Nord en passant voir Adjutor Lalande. Simon a des cartouches pour lui. Ça lui épargnera le voyage. Après, suffira d'éviter les postes où il y a la police.

Les Massard

Les Indiens sont tous des amis... Les Eskimos aussi.
Raoul se tait. Il écoute la tempête qui a légèrement changé de ton. Il écoute aussi le souffle régulier du garçon. A mi-voix, il demande :
— Tu dors ?
Il soupire.
L'obscurité est absolue. La colère du ciel semble habiter la nuit sur des immensités. Raoul se couche sur le côté droit et plie ses genoux. Ses articulations craquent. Sous son oreille, la paille crépite. L'air qu'il respire est tiède. C'est un endroit où il ferait bon s'attarder quelque temps. Raoul se retourne, il éprouve dans le genou et la cuisse gauches une douleur qu'il a déjà ressentie à plusieurs reprises depuis plus d'un an. Il grogne :
— Bon Dieu ! C'est pourtant vrai que je suis plus un gamin.

28

Au lever du jour, la neige ne tombe plus. Le nordet s'est établi, glacial et régulier comme un infatigable rémouleur. Une lueur de cristal monte de l'est dans un ciel de métal lustré.

— On va pouvoir partir tout de suite, fait Timax. Juste ce qu'il faut de neige. Je te l'ai dit : mon père nous protège.

Il y a presque de la joie dans sa voix, mais son regard demeure inquiet. Au détour de la maison, il regarde vers le sud. Le lac est noir entre ses rives blanches déjà festonnées de glace en formation. Amarok a bondi. Les autres chiens, attachés à la longue chaîne maintenue au sol par des piquets, se dressent sur leurs pattes de derrière et battent le vide en gémissant. Il est tombé à peu près deux pieds de neige, mais les bourrasques l'ont sculptée de telle sorte qu'en certains endroits l'herbe apparaît alors qu'ailleurs de longues congères se lèvent, dépassant parfois les trois pieds.

La femme de Simon fait chauffer un reste de soupe grasse que les hommes mangent en parlant des chiens. Comme Raoul et Simon sont d'accord pour répartir les jeunes sur les deux équipages, Timax s'inquiète :

Les Massard

— Les jeunes, ils ont jamais tiré ?

Le père Massard intervient avec un ricanement :

— Y sont nés en juin, t'as vu beaucoup de neige, toi, depuis ce temps-là ?

Le regard du garçon s'affole. Il fuit le vieil homme pour s'accrocher à Raoul. Comme personne ne vient à son aide, il finit par dire :

— Des jeunes, faut un moment pour les dresser.

— Avec des bêtes comme Amarok et la vieille Arnatak, t'en fais pas, en trois ou quatre jours y commencent à pas mal fonctionner.

— Trois, quatre jours ! Bon Dieu, j'aime mieux qu'on foute le camp comme ça. Je suis prêt à tout porter...

Il semble vraiment désemparé. Simon l'interrompt :

— Mon pauvre vieux, c'est pour le coup que tu serais vite foutu.

— Pour l'heure, dit Raoul, ils nous cherchent sur l'Harricana. Ils n'ont pas deux cents types à lancer sur ta trace, va.

La femme, qui est sortie après les avoir servis, rentre avec une corbeille de bois. Ils se taisent. Elle pose sa corbeille à côté du fourneau et lance :

— Je sais bien de quoi y retourne...

Le vieillard ne la laisse pas aller plus loin :

— Ça va ! Tu l'as dit en te levant, que t'as compris. Tais-toi. On n'est pas sourds.

— Je me tairai pas avant de vous avoir dit qu'on finira tous en prison !

Elle tourne le dos et se met à éplucher des raves sur l'égouttoir de son évier. Le visage de Timax s'est vidé de son sang, puis empourpré jusqu'aux oreilles. Il bredouille :

— Faut pas croire... C'est un accident... On va s'en aller... On va...

Comme si la femme était absente, le vieil homme lance :

— Elle nous emmerde. Tout ce qu'elle peut penser...

Il a un geste de la main par-dessus son épaule. Simon se lève, Raoul puis Timax l'imitent. Tandis qu'ils s'habillent pour sortir, le vieux s'appuie sur sa canne et s'avance :

— Oubliez pas de mettre deux bêtes bien dressées et un peu lourdes à l'arrière. Quand y faut décoller une traîne chargée et un peu gelée, c'est pas les jeunes qui peuvent le faire. Ça risque même de les rebuter.

Les trois hommes sortent. Amarok est là, sur le seuil. Il bondit. Les autres chiens gueulent. Le mouvement et les jappements redoublent dès que les deux traîneaux apparaissent devant la petite écurie. Amarok fait des allers et retours rapides entre le groupe des hommes et la longue file des chiens. Son galop fait voler la neige dans le premier soleil.

— Faut les calmer, dit Simon, on pourra pas atteler.

Il s'avance et fait claquer un long fouet. La mèche soulève de minuscules nuages de poudre d'or à quelques pouces des bêtes les plus excitées. Le calme revient. Les hommes préparent les traits. Timax ne fait pas grand-chose, son regard vole de la porte à la piste qui longe le lac.

— On va atteler à sept, en tandem double avec un chien de tête. A la première traîne, on va placer Amarok en avant et on mettra que deux jeunes. Y devraient marcher. La deuxième, avec Oukiok en tête, ça va suivre.

Il y a quinze chiens en tout. Ils forment leurs deux attelages et laissent à l'attache celui des jeunes qui paraît le moins solide. Dès qu'il se voit délaissé, il se met à hurler d'une voix pointue.

Raoul prend la direction de l'attelage de tête.

— Pars ! Pars, Amarok ! Doucement.

Amarok démarre. Patermassi et Smoki suivent, mais

Ekridi, une jeune chienne attelée derrière Smoki, se couche le nez dans la neige et roule sur le côté. Smoki se retourne et grogne en montrant les dents. Le vieux Timestri qui suit s'écarte.

— Hoo !

L'équipage s'arrête. Les hommes qui ont chaussé leurs raquettes se précipitent. Tandis que Raoul se baisse pour parler doucement à la jeune bête terrorisée, Simon démêle les traits.

— On pourra jamais y arriver, se lamente Timax. Sûr qu'on se fera coincer avant que ces putains de chiens soient dressés.

— Fous-nous la paix, grogne le trappeur en se redressant. On dirait que t'as jamais vu un chien se coucher !

Comme le garçon continue de maugréer, la colère de Raoul monte. Il lance :

— En 1910, j'avais des chiens formidables, je les ai laissés pour aider ma sœur à s'établir à Saint-Georges. Après, j'ai remonté des équipages. Je l'ai fait pour toi. Parce que moi, à mon âge... Puis t'as rencontré ta blonde. T'as plus voulu partir, j'ai encore laissé mon attelage. Et à présent, c'est toi qui vas m'emmerder !

Il se tait soudain. Le visage de Timax s'est figé. Sous la barbe rousse, les plis se devinent. Ses yeux luisent. Il baisse la tête et murmure quelques mots absolument inaudibles. Simon dit :

— Faut pas gueuler comme ça près des chiens, Raoul. Tu sais bien.

— C'est vrai. Je suis un abruti !

Il bouscule Timax et le secoue un coup. Il voudrait s'excuser. Dire que ses paroles ont dépassé sa pensée, mais les mots ne viennent pas. Il se baisse pour délacer ses raquettes.

Amarok

— Je vais me mettre au cul de la traîne. Ça chargera. Ça ralentira les vieux, vous allez voir qu'on mettra pas plus de deux jours à faire un attelage qui marche comme un chef.

29

Amarok n'a eu aucune peine à imposer sa loi. Smoki et Petermassi qui appartenaient à Raoul ont déjà tiré sous ses ordres, ils ont repris place derrière lui avec une espèce de plaisir fiévreux que seule la course pouvait apaiser. Les deux jeunes, Ekridi et Kranasonak, ont très vite aimé ce jeu nouveau. Quant aux deux costauds qu'on a placés derrière eux pour décoller la traîne au départ et donner des coups de reins à chaque difficulté, ils ont été menés par Simon Massard qui les a habitués, dès les débuts, à ce travail très dur et un peu obscur. Ils sont les plus taciturnes. Tous les deux gris et blanc, ils s'asseyent dès que le traîneau est arrêté, ils tournent le dos au vent et attendent, la tête rentrée dans les épaules, les yeux mi-clos sous la fourrure, comme pétrifiés. Raoul a tout de suite dit à Timax :

— Ces deux-là, tu devrais bien t'entendre avec eux, ils te ressemblent. Et y bouffent autant que toi.

Leur travail avance en même temps que celui de l'hiver qui sculpte la neige et la durcit, qui couvre de glace les eaux sombres du lac. Les trois hommes sont dehors de l'aube au crépuscule avec leurs bêtes.

Timax demeure inquiet. Tant qu'ils sont dehors, il scrute les lointains du côté du sud. A trois reprises, ils perçoivent le ronronnement d'un moteur d'avion, mais ils ne voient rien dans le ciel d'une limpidité cristalline. Raoul a dit, dès le premier jour :

— C'est bien compris : au cas où un avion arrive, on se planque si on a des arbres pas loin. Si on est à découvert, on s'arrête et on bouge plus.

Simon a fait observer qu'ils ne sont pas les seuls à courir le Nord.

— T'as pas ton nom écrit sur le dos.

Le troisième jour, Simon va jusqu'au lac et revient en se frottant les mains :

— Nous voilà tranquilles pour un moment. Glace trop épaisse pour l'hydravion, pas encore assez pour l'avion à skis.

Inlassablement, Timax répète :

— Les chiens sont au point, on peut partir.

Dès qu'ils sont dans la maison pour les repas, il se lève sans arrêt, va à la fenêtre, ouvre la porte. La femme grogne :

— Y nous gèle, celui-là !

Les Massard et Raoul ont longuement délibéré avant de décréter que Simon allait se rendre à Saint-Georges avec son attelage. Il y va chaque début d'hiver chercher des provisions. Personne ne s'étonnera de le voir. Il ramènera pour lui et aussi pour Raoul et Timax. En même temps, il aura des nouvelles. Il dit :

— Je vais même voir si je peux trouver une T.S.F. à batterie pas trop coûteuse.

Pour une fois, la femme est d'accord :

— Ce serait pas trop tôt qu'on vive plus comme les sauvages.

Elle a hâte de voir disparaître les visiteurs. Timax a hâte de lui montrer les talons. Ils sont donc d'accord pour l'essentiel ; ça ne les empêche pas de se détester. Dès qu'il se retrouve seul à l'écurie avec Raoul, le garçon ne manque jamais de répéter :

— Celle-là, elle donnerait gros pour me voir au bout d'une corde. Elle pourrait me dénoncer, elle se gênerait pas.

Lui qui dormait comme une roche se lève à présent vingt fois par nuit. Sans allumer la torche, il va jusqu'à la porte qu'il entrebâille. Raoul voit son corps nu se détacher sur la clarté que reflète la neige. Timax s'assure qu'Amarok est toujours devant la porte. Le trappeur fait comme si ces allées et venues ne le réveillaient pas.

Lorsqu'il dort, il arrive souvent que Timax grogne ou pousse des coups de gueule terribles. Le trappeur entend craquer la paille. Parfois, le garçon se recouche sans rien dire. Cependant, à plusieurs reprises, il a secoué Raoul en disant :

— Y sont là... Je suis sûr, y sont là. Va voir.

— Tu m'emmerdes !

Cette nuit, il a même crié :

— Il est là. Je le reconnais...

— Qui donc ?

Un temps. Un soupir. Presque un sanglot :

— Rien...

La chanson aigre du nordet ne varie guère. Tout s'est solidifié, cristallisé. Quand le trapu gueule trop fort, ils entendent contre la porte un frottement et des chocs sourds. C'est Amarok qui se lève, va jusqu'à l'angle de la maison, flaire en tous sens et revient dans son trou. Il couche là sur l'ordre de Raoul. Pour rassurer Timax.

A plusieurs reprises, à travers les planches, ils ont entendu la femme Massard :

— Y va pas fermer sa gueule, ce gros tas !

Le matin, lorsqu'elle leur prépare la soupe, elle ne

cesse de rognonner. Le vieux tape sur la table pour la faire taire et Simon dit :

— Laisse faire, c'est dans son caractère de geindre, on n'y peut rien.

Mais la tension monte autant que grandit la peur de Timax.

Enfin, après quatre jours de travail exténuant, les deux équipages sont prêts.

Simon a même joint le moins fort des jeunes chiens à son attelage, ce qui lui fait un tandem double de huit bêtes avec deux chiens de tête. Et comme pour donner tort aux hommes qui ont hésité à l'atteler, le dernier engagé qui s'appelle Kiniok s'est montré tout de suite aussi attentif aux ordres que les plus vieux routiers de la bande. Il compense son manque de poids par beaucoup de courage. L'ayant bien regardé à l'œuvre, Raoul examine attentivement ses pattes et sa gueule ; encore timide, le chien tout essoufflé se laisse faire, puis il lèche la main du trappeur. Gravement, Raoul dit à Simon :

— Ce gaillard-là, je suis prêt à parier qu'il deviendra un chien de tête aussi fort et aussi intelligent qu'Amarok. On en reparlera dans deux ans.

— Aussi fort, possible. Aussi bon meneur, je ne dis pas. Aussi intelligent, je voudrais bien, mais j'y crois guère.

Il hésite un instant. Les deux attelages sont là, l'un derrière l'autre sur la neige dure. Les hommes en ont profité pour ramener du bois de la forêt. Avant de commencer à dételer, Simon observe les bêtes haletantes et hoche la tête.

— Des chiens, j'en ai vu des centaines, dans ma vie. Comme Amarok, pas un seul... Pas un... Et toi non plus.

Il y a autant de fierté dans l'œil d'Amarok que dans celui de Raoul.

30

Avant l'aube, Simon est prêt à partir. Tandis qu'ils attelaient ses huit chiens, ils ont dû attacher Amarok près des autres. Il tournait comme fou autour de cet équipage, furieux de n'être pas de la fête. Avec son traîneau chargé seulement de caisses et de sacs vides, Simon sera rendu à Saint-Georges-d'Harricana avant la nuit. Il prendra au plus court, par Dalquier-Saint-Maurice. Pour le retour, ce sera plus long, il devra bivouaquer une nuit. Il leur serre la main, s'installe sur son traîneau et rabat son capuchon de loup sur son visage en criant :

— *Go !*

Les huit bêtes démarrent tandis que les sept qui demeurent à l'attache se mettent à hurler. Le jour rosit à peine derrière la ligne sombre de la forêt, là-bas, de l'autre côté du lac gelé où le vent fait voler un voile à peine coloré. Raoul fait claquer son fouet et s'approche des bêtes en criant :

— Vous en voulez, vous allez en avoir. Bon Dieu, on va bien vous calmer !

Il reste, à plus d'une heure de course vers le nord, de grosses billes de bouleaux qu'ils ont préparées. La piste où ils se sont entraînés ces jours derniers est bien damée.

— On devrait pouvoir tout ramener avant le retour de Simon.

Timax grogne :

— Si les M.P. arrivent pas avant lui.

Raoul a cessé de lui répondre. Il fait comme s'il était sourd.

— Allez, on va atteler.

Le matin, ils font deux voyages. Durant le repas de midi, le vieux Massard n'a pas cessé de raconter des histoires de chiens. Lui, dans sa vie, il prétend qu'il en a connu plusieurs qui valaient dix fois Amarok. Personne ne l'a contredit. Simplement, la femme de Simon s'est bornée à ricaner :

— Vous, même quand vous lâchez un pet, c'est mieux que les autres.

— M'en vas te lâcher autre chose sur le nez !

Raoul et Timax sont sortis dès la dernière bouchée absorbée.

— Finiront par s'étriper, ces deux-là.

— Penses-tu, a prédit le trappeur, finiront par s'adorer. Le jour où le vieux claquera, c'est elle qui pleurera le plus.

A présent, ils sont sur le retour du deuxième voyage de l'après-midi. Amarok mène le train sans même que Raoul ait à intervenir. L'équipage est déjà en plein dans la routine.

Soudain, Amarok ralentit. Timax est cramponné aux grosses bûches attachées, le trappeur est debout à l'arrière.

— Qu'est-ce qu'il a ? grogne Timax.

— Tais-toi !

Raoul arrête l'équipage. Le silence se fait. Loin, à peine perceptible, le ronronnement d'un avion.

— Il approche, faut se planquer.

Le visage du costaud s'est décomposé. Il saute et

s'enfonce sous la nuit du bois de résineux. Calmement, Raoul fait obliquer Amarok qui suit le garçon. Dès que le traîneau est engagé sous bois, il l'arrête.

— Je le savais. Je te l'ai dit. Y viendront avant qu'on parte.

— Et alors, tu serais à une journée de route, tu crois qu'ils pourraient pas y aller ? Je te l'ai dit mille fois, des attelages, t'en as des centaines dans tout le Nord.

Le moteur gronde plus près, puis son bruit se modifie.

— Y s'en retourne.

A peine Raoul a-t-il parlé que le bruit varie de nouveau. Il se rapproche mais il semble moins rageur.

— Y descend, fait Timax qui n'a plus de voix.

Raoul se force à rire.

— C'est ça, y va se poser sur la pointe d'une épinette.

— Rigole, va. Le lac est pas mal pris.

— Pas assez, on t'a dit.

La pétarade s'accentue.

— Je vais te dire : il est en train de tournicoter au-dessus de la maison des Massard. Et y va faire ça au-dessus de tous les campes isolés du Nord. Tous les villages indiens. Partout où y va voir une fumée. A mon avis, ça va l'occuper tout l'hiver.

Le costaud n'a pas envie de plaisanter. Il regarde le traîneau et lance, avec colère :

— Allez, faut foutre ce bois par terre et filer vers le nord.

Cette fois, Raoul part d'un grand rire :

— C'est ça. Avec juste le tabac que j'ai dans ma poche et dix cartouches. On chiquera pour se nourrir.

Les yeux du garçon s'emplissent de cette terreur que le trappeur y a déjà observée à plusieurs reprises et qu'il redoute bien plus qu'une grande colère. La voix se fait implorante :

— Mais bon Dieu Raoul, qu'est-ce qu'on peut faire ?

Le trappeur a un geste en direction d'Amarok qui s'est allongé, le museau sur les pattes.

— Comme lui. Attendre.

Il sort sa pipe et sa blague de sa poche.

— Dommage que tu veuilles pas fumer. Dans des moments comme ça, tu peux pas savoir ce que ça aide.

Il bourre tranquillement le tabac, allume et se hâte d'enfiler ses mains dans ses grosses moufles.

— Ça serre de plus en plus, on va avoir une piste formidable.

Le trapu ne bouge pas. Il se tient le dos voûté, la tête rentrée entre les épaules, comme si les résineux habités de vent l'écrasaient de toute leur épaisseur. Raoul s'efforce de le tranquilliser en souriant, mais son regard ne peut plus rien transmettre à ce bloc d'angoisse. Les minutes sont des siècles. Vingt fois peut-être l'avion s'éloigne, tourne, revient, monte, descend, toujours invisible et terriblement présent.

Puis il s'en va mener le même manège un peu plus au sud-est.

— Tu vois, le voilà au-dessus du lac Coigny. Là-bas, y a trois campes de prospecteurs. Y va tourner tout pareil. A présent, on peut aller.

Le trapu fait non de la tête. Obstiné. Buté. Enfermé dans son silence. Raoul ne dit rien. Il ne le fera pas bouger d'un pas tant que le ronronnement persistera. Il vide sa pipe en heurtant le foyer à l'intérieur de sa grosse moufle, puis, ayant soufflé et aspiré pour nettoyer le tuyau, il crache. Un petit claquement se fait entendre au ras de la neige.

— Ça, fait le trappeur avec du plaisir dans la voix, c'est du vrai froid.

31

Lorsque le traîneau débouche de la forêt, le soleil rouge déjà très bas étire les ombres violettes de la maison et de la petite écurie sur la neige luisante. Avec le froid qui s'intensifie, tout brille davantage. Sous les longs patins du traîneau, la neige damée siffle aigu.

Tandis que Timax décharge le bois, Raoul dételle les chiens et va les attacher pour la nuit. Amarok resté libre s'assied le dos au nordet pour les observer. Pour la vingtième fois peut-être depuis qu'a cessé le bruit de l'avion, Timax répète :

— Faudrait foutre le camp cette nuit. On a assez de vivres. Simon nous en montera chez le vieux Lalande.

Raoul demeure sourd. Ils laissent le traîneau près de l'écurie, puis contournent la maison. A l'angle, Raoul s'arrête. Amarok qui les a précédés ne manifeste aucune inquiétude. Timax demande à mi-voix :

— Qu'est-ce que t'as ?

— La lumière est pas comme d'habitude.

— C'est vrai. Faut foutre le camp.

Raoul l'empoigne par le bras. Sans élever le ton. Impératif, il dit :

— Bouge pas !

Il avance lentement jusqu'à la fenêtre. La lampe à

pétrole n'est pas allumée, seule une bougie brûle au milieu de la table. Elle éclaire assez pour qu'il devine le vieux assis dans son fauteuil, près du poêle dont le foyer rougeoie derrière les dents noires de la grille. Il se retourne.

— Je suis con. Y a plus d'huile. C'est tout. Il était temps que Simon se rende à Saint-Georges.

Timax aspire une ample bouffée d'air. Son visage se détend.

— Toi, alors, pour foutre des frousses!...

Raoul ouvre la porte. Ils entrent et referment au nez d'Amarok qui s'installe sur le seuil. Raoul fait un pas et s'arrête. Le vieux Massard a posé son fusil en travers devant lui, sur les bras de son fauteuil. Eléonore est assise dans l'angle opposé, raide comme sa chaise, vêtue de son manteau. Parce qu'il avait préparé ces mots, Raoul dit :

— Plus d'huile?

Le rire aigrelet du vieux dégringole dans la pénombre mourante. La flamme de la bougie secouée par l'ouverture de la porte ne parvient pas à retrouver son calme.

— Plus d'huile? T'en as de bonnes, toi. Dis que c'est cette garce qui a pas voulu allumer.

— Je fais rien sous la menace, moi.

— Mais qu'est-ce qui vous arrive, à tous les deux?

La femme hausse les épaules. Le vieux demande :

— Vous avez pas entendu l'avion?

— On n'est pas sourds.

— Ben figure-toi que nous aussi, on l'a entendu. Et cette saloperie est sortie. J'ai eu beau gueuler, elle a pris son manteau et, le temps que je me bouge, elle était dehors en train de faire des grands gestes pour les appeler. Quand je suis arrivé à la porte, c'est juste pour voir un paquet qui tombait à moins de vingt pas d'ici.

Du bout de sa canne, il montre, sur la table, un journal

froissé, de la ficelle, et une clef à molette posée sur une feuille de papier arrachée à un cahier.
— Bel outil. On aura au moins récolté ça. Ils l'avaient mis dedans pour lester.

Raoul s'est avancé. Il prend le papier qu'il approche de la lumière. Timax se penche. Une longue écriture un peu tremblée suit mal le quadrillage :

Massard, tu donnes asile à un criminel. Tu es complice. Landry doit se constituer prisonnier. Dis à Herman que c'est le sergent Roberson qui s'en occupera. Il ne sera pas maltraité. Roberson en donne sa parole.

D'une voix à peine perceptible, Timax souffle :
— Tout de suite... Foutre le camp tout de suite.

Le vieux qui ne l'a pas entendu se remet à vociférer.
— Cette maudite-là. Elle voulait vous faire courir. Vous recevoir avec le fusil. Tu parles. Je l'ai arrêtée d'un coup de canne sur le museau. Et le fusil, c'est moi qui l'ai pris. Et tu peux être sûr que si elle avait bougé un poil, je lui lâchais les deux coups dans le ventre.

Le regard du vieil homme flamboie. Raoul hoche la tête.
— Allons, Hippolyte, laissez-moi cette pétoire tranquille. Eléonore va pas se sauver à pied.
— Elle en serait capable ! Pauvre bêtasse, tu ferais pas trois cents pas que la mort te clouerait sur place raide comme une épinette !

Sa voix tremble un peu. On dirait que son regard se radoucit. Raoul se tourne vers la femme :
— Allons, vaudrait mieux éclairer.

Elle se lève. Comme elle s'approche de la bougie, Raoul remarque au-dessus de son œil gauche une bosse grosse comme un œuf et déjà toute violacée. Un peu de sang a séché dans les sourcils.

— Tout de même, vous allez fort, Hippolyte.
— Je te dis que cette garce voulait vous faire courir à coups de fusil.
— Y aura pas besoin, lance Timax, on va s'en aller tout de suite.

Eléonore a descendu la lampe. Elle enlève le bec et le verre. Ses mains tremblent. Raoul prend le petit bidon verseur et emplit le réservoir de porcelaine blanche. La femme remet le bec en place et allume. Le vieux qui suit chacun de ses gestes crie :

— Tourne pas tant. Tu sors trop de mèche. Je te le dis chaque fois. Ça use de l'huile. Ça fait une grosse flamme qui finira par faire péter le verre. Au prix où sont les choses...

Sa voix a repris le ton de sa colère de routine. Comme Eléonore continue de trembler, c'est Raoul qui remet la lampe en place dans la suspension de cuivre. La clarté se balance un moment.

— Faudrait vous laver à l'eau fraîche.
— Je voulais le faire. Ce vieux salaud m'a empêchée de bouger. Y m'a même pas laissée enlever mon manteau.

Timax est allé se planter le nez à la fenêtre. Il fixe les lointains vers le sud, où le lac gelé scintille sous la lune qui se lève. Sans se retourner, il lance :

— On va charger la traîne, puis on va s'en aller.
— On va le faire, approuve Raoul. Simon viendra nous apporter ce qu'il faut chez Adjutor Lalande.

Du coup, le vieillard se lève.

— Partir ce soir ?
— Pourquoi pas. Y fait un clair superbe.
— Mais nom de Dieu, tu sais très bien que les M.P. peuvent pas être ici avant...

Raoul l'interrompt :

— Je connais le sergent Roberson. On s'est vus souvent

dans le Nord. (Il hésite.) C'est un type bien, mais y fera son travail. Un sacré meneur de chiens. S'ils l'ont fait venir, c'est pas pour rien.

— Les chiens, pour les mener, faut en avoir. La police n'en a pas à Saint-Georges, c'est toi-même qui l'as dit pas plus tard qu'hier.

— Elle peut en réquisitionner... même l'équipage de Simon, si ça se trouve.

Le visage du vieux se contracte. Montrant son fusil, il dit d'une voix sourde, tendue :

— Tu me fais injure, Raoul. Mon garçon est comme moi. Il aimerait mieux tuer ses chiens que de les laisser à un policier pour qu'il aille arrêter des amis... Il le ferait. Je le sais...

Le vieil homme se tait. Son visage est bouleversé. Il regagne son fauteuil où il se laisse tomber, le souffle court. Timax est toujours le nez à la vitre. Un moment passe. La femme est près de l'évier. Elle trempe le coin d'un torchon dans une cuvette d'eau froide et se tamponne le front. D'une voix presque calme, le vieux dit :

— Dans le petit placard, y a une bouteille brune, avec un bouchon en verre. T'as qu'à en mettre. Ça fait désenfler.

La femme soupire et va fouiller dans le placard. Le vieux reprend :

— Raoul, remets du bois au feu. Puis vous chargerez votre traîne. Pendant ce temps, Léonore fera chauffer de quoi vous emplir l'estomac. Quand vous aurez mangé, vous partirez.

Il marque un temps puis il ajoute :

— Pouvez prendre tout ce qui reste ici, Simon va ramener ce qu'il nous faut.

32

À la taille de sa ration, Amarok a compris qu'un départ se prépare. Dès qu'il a terminé sa viande arrosée d'huile, il revient vers les hommes. Il tourne autour du traîneau et Raoul doit crier à plusieurs reprises :

— Au large ! Au large !

Amarok s'écarte et suit des yeux chaque mouvement. Il écoute. Devant lui, les hommes parlent. Dans la pièce, la femme crie à cause de la porte sans cesse ouverte et claquée. Elle se lamente sur tout ce qui disparaît. Le vieux l'insulte, mais sa colère est tombée. Dans le prolongement de la maison, chacun au bout de sa chaîne fixée au long trait d'attache, les autres chiens s'excitent. Eux aussi ont senti que quelque chose d'insolite se trame.

— Va leur dire qu'on partira pas sans eux, ordonne Raoul avec un geste du bras.

Amarok fait quelques allers et retours rapides de la maison à la ligne d'attache.

Le traîneau chargé, les hommes rentrent. Amarok reprend sa faction mais, cette fois, il n'est plus sur le seuil, il s'allonge à côté du traîneau. Il épie la nuit sur le lac et la forêt sans rien perdre des sons venus de l'intérieur.

Raoul et le vieil Hippolyte se sont assis à table. Timax

reste debout. Quand son assiette est pleine de soupe fumante, il la prend et se dirige vers la fenêtre.

— Qu'est-ce que tu fais ? demande le vieux.

— Je veux surveiller.

Hippolyte se lève, prend sa canne d'une main et son fusil de l'autre. Il ordonne :

— Porte-moi mon fauteuil vers la fenêtre.

Comme Timax hésite, il crie :

— Fais ce que je te dis. M'en vas monter la garde, moi. J'ai toute la nuit pour manger ma soupe. Allez, va te nourrir tranquille.

Timax obéit. Le vieillard s'installe, son fusil à portée de la main, l'œil rivé à ce miroitement d'acier où l'ombre des aulnes guilloche un feston serré.

— Certain qu'Amarok les sentirait bien avant qu'on puisse les voir. Faut vraiment que je t'aie en fameuse amitié pour faire une chose si ridicule.

Penché vers la buée qui monte de l'épaisse bouillie d'orge où Eléonore a coupé de la viande fumée, le trapu ne dit rien. Son regard interroge Raoul. Il semble moins inquiet. La perspective du départ l'a déjà rassuré. Toujours sans se retourner, le vieux dit :

— La soupe de cette garce, t'auras pas la pareille demain.

Les deux hommes mangent. La femme se tient debout à côté du fourneau. Hippolyte s'adresse à elle :

— C'est pas que tu sois vraiment mauvaise, ma pauvre Léonore, seulement, t'as pas pour deux sous d'humanité. T'as pas de morale. Puis t'as moins de jugement qu'un siffleux.

Il se cure la gorge et crache par terre avant de poursuivre :

— Quand je pense à ce qu'était ma pauvre femme !

Il peut aller ainsi durant des heures, tel un moulin

actionné par une eau régulière. Les autres ne l'écoutent pas vraiment. La femme vient de poser devant eux un gros morceau de bœuf salé qu'elle a cuit avec des fèves. L'odeur forte emplit la pièce. Il y a ici quelque chose qui donne envie de rester. De s'installer à demeure.

L'ancien coureur de bois a fini de parler de sa femme et de la cuisine qu'elle savait faire. A présent, toujours sur le même ton et sans se retourner, il enchaîne :

— En cinq ou six jours vous devriez être rendus chez Adjutor. Vous lui donnerez le bonjour. Je pense pas qu'on se revoie jamais. Lui, y passe pas par ici pour se rendre à Saint-Georges. Y fait ses provisions en canot. Avant les froids. Si je l'avais écouté, je serais parti prospecter avec lui. C'est un vieux fou. Il a trois ans de plus que moi et y se croit d'aller encore un demi-siècle. De l'or, il en a jamais trouvé. S'il avait pas la trappe pour vivre, y a belle lurette qu'il serait mort de faim.

Les hommes ont terminé leur repas. Ils se lèvent et se dirigent vers la porte. Avant de saluer le vieux, Raoul se retourne.

— Au revoir, Eléonore. Merci pour la soupe.

Elle hésite, puis elle bredouille :

— Que Dieu vous garde... Faut pas croire, je vous veux pas de mal.

Timax remercie aussi. Leur serrant la main, Hippolyte qui s'est levé essaie de cacher son émotion. Il grogne :

— Soyez sans crainte, je saurai bien la dresser, celle-là. Elle filera comme mes chiens !

— Vous faites pas plus dur que vous l'êtes.

— Puis pour les vivres et les cartouches, soyez pas inquiets, Simon vous mènera ça dès qu'il pourra. Il attendra seulement qu'il y ait plus de risque qu'on le suive.

Comme Raoul enfile ses mitaines, le vieux dit encore :

Les Massard

— Je sais que tu pourrais être tenté d'abattre quelques épinettes pour couper la piste, le fais pas. C'est le meilleur moyen d'indiquer celle que tu suis.

Ils sortent. Le vent glacé les empoigne. Amarok bondit. La neige vole sous ses pattes. Ils ont à peine fait deux pas que la voix du vieux tonne derrière la porte :

— Puis toi, saloperie, tu fais mieux d'oublier qu'ils sont venus ici ! Et surtout qu'ils vont passer par chez Lalande. Tu sais que j'hésiterais pas à te farcir le ventre avec du plomb. Un ventre qui t'a même pas servi à nous faire un petit Massard, bon Dieu ! T'es une pas-grand-chose...

Quatrième partie

LA GRANDE TRAQUE

33

Ils ont dépassé depuis longtemps la partie de la piste où ils sont venus entraîner leurs chiens. L'équipage n'a pourtant pas ralenti. La neige laminée par le vent est une tôle lustrée et sonore.

Comme le froid s'est encore intensifié, après deux heures de course, ils se sont arrêtés pour lacer aux pattes des chiens les petites bottes de peau. Ça n'a pas été aisé avec les deux jeunes qui voulaient arracher ces protections. Il a fallu que Timax en tienne un déjà chaussé, pendant que Raoul s'occupait de l'autre. Une fois debout, ils ont bien été obligés de suivre le rythme imposé par Amarok qui ne plaisante pas avec le travail. Timax est installé sur le traîneau avec les sacs et le fourniment ; Raoul se tient debout à l'arrière, le fouet à la main.

Le nordet continue son interminable course. Souvent, il prend la piste en enfilade, de pleine face, comme enragé de trouver cette tranchée de forêt si étroite. Quand la sente oblique sur la droite ou la gauche, lorsqu'elle descend vers un bas-fond, il se fait moins violent. Il traîne son charroi dans les hauteurs. Il ravage sur la cime des résineux qui grognent et miaulent. La clarté de la lune ondoie sur la neige.

Dès que la piste monte et que le train des bêtes se

ralentit, les deux hommes descendent pour soulager. Dans les passages difficiles, ils poussent et soulèvent le cul du traîneau.

— On n'a pas une charge énorme. Faudrait un fameux équipage pour nous suivre.

— J'espère que Simon pourra nous apporter le reste.

— T'es tout de même curieux. Tu voulais partir à pied avec trois fois rien. A présent, t'as peur de manquer.

Quand Raoul donne l'ordre d'arrêt, Timax ne bronche pas. Tandis que le trappeur s'occupe des bêtes, il va ramasser du bois et construit le feu. La place est bonne. Des Indiens ont dû s'y arrêter il y a peu de temps. Le vent n'a pas encore entièrement recouvert de neige l'emplacement de leur foyer. La claie de branchages qu'ils ont montée pour se protéger est encore debout. Ils sont venus par une piste de l'est qui a rejoint celle-ci voilà moins d'une heure.

— Tu vois qu'on est pas tout seuls sur la terre.

Timax ne dit rien. Tout en travaillant, il épie la forêt. Il tend l'oreille. Il finit par demander :

— On a combien avant le jour ?

— Au moins quatre heures.

Le garçon va sur la piste qu'il examine en direction du nord, là où ils n'ont pas marché.

— Qu'est-ce que tu cherches ?

— On voit pas leur trace.

— Y a trois jours au moins qu'ils ont passé. Tu risques pas de rien voir en plein vent. Même que nos traces commencent déjà à s'effacer.

— Tu crois ?

— C'est pas la première fois que tu sors en hiver.

Le garçon le sait, mais il a besoin d'entendre tout ce qui peut le rassurer. Comme il continue de se déplacer constamment pour aller guigner la sente en direction du sud, Raoul finit par se fâcher :

— Tu vas rester tranquille et me foutre la paix. En mettant les choses au pire, un attelage qui saurait qu'on est là, y partirait de Saint-Georges au matin qui s'en vient. Ça veut dire qu'on a plus de deux jours d'avance. Presque trois. Y serait forcément plus chargé que nous. En plus, de chez les Massard, y a déjà trois pistes qu'on pouvait prendre, alors, tu vois...

Il se tait. Il pourrait ajouter qu'il y a entre eux et le reste du monde dix fois la Muraille de Chine, ça ne changerait rien. Timax s'est assis à côté de lui, tout près du feu bien vigoureux qui pétille en dévorant les branches d'épinette. Il fixe la flamme.

Après un moment, son regard se détourne et fouille le sous-bois. Non, ni la distance, ni le temps, ni la tempête, ni l'épaisseur du roc ou du bois, rien ne peut empêcher ce qui le poursuit d'être là, tout près, sans doute à la frontière fluctuante des lueurs et des ombres.

Les chiens attachés à leur ligne pour la nuit attendent leur repas. Seul à être libre Amarok patiente également, déjà couché contre le traîneau. Bien que ce soit totalement inutile, Raoul dit encore :

— Avec Amarok, tu sais bien que le moindre chiot à une demi-heure d'ici, tu le saurais tout de suite.

— Une demi-heure, c'est pas beaucoup.

— C'est dix fois ce qu'il nous faut pour lever le camp.

Sa voix est douce. Il vient de se jurer de ne pas céder à la colère qui bouillonne en lui.

Leur repas terminé, les chiens nourris, ils étendent leurs peaux de lièvre contre la claie qui les protège du Nord et renvoie sur eux la chaleur du feu. Raoul fait coucher Timax contre le branchage, puis il s'allonge près de lui, sa carabine à portée de main.

34

Ils ont progressé dans la grande clarté toute la matinée. Puis, vers le milieu du jour, sans que le vent ait le moins du monde changé de direction, il se met soudain à chasser devant lui des flocons ténus et coupants. Le ciel vire au jaune. Comme si de la boue se mêlait aux profondeurs lumineuses, il devient gris puis disparaît. La tempête est sur la forêt comme un épais tissu râpeux et crissant. Les épinettes, les thuyas, les sapins baumiers et les mélèzes se courbent, entremêlent leurs branches dans une fièvre que l'on devine à travers le voile serré des flocons déferlant en vagues lourdes.

Des congères se forment rapidement, obligeant Amarok à ralentir. Les deux hommes s'arrêtent le temps de lacer les raquettes, puis ils repartent, se relayant en tête pour tasser la neige dans les passages les plus difficiles. Amarok enfonce parfois jusqu'au poitrail, mais il continue de tirer. Comme la progression est de plus en plus pénible, Raoul arrête de nouveau.

— On va mettre l'attelage sur une seule file.
— On va perdre du temps.
— On en gagnera.

Les chiens ainsi attelés en tandem simple se fatiguent moins. Les premiers font la trace derrière le trappeur qui demeure en tête, laissant au costaud le soin de pousser au cul du traîneau et de soulever la charge dans les endroits où les patins restent bloqués.

Le jour est uniforme. Il semble que l'on s'enfonce dans un interminable crépuscule.

Bien avant la nuit, Raoul donne l'ordre d'arrêt.

— Faut continuer. Ça tombe déjà moins fort.

— Tant mieux. Demain ça sera fini, on pourra foncer.

— Faut continuer, je te dis. On y voit encore.

— Je sais, mais les chiens sont à bout.

— Penses-tu.

— Discute pas. Je veux pas tuer mes bêtes.

Le garçon grogne encore en s'éloignant avec la cognée qui claque bientôt sur un tronc de résineux. Aussitôt dételées, les bêtes se laissent tomber dans la neige où elles seront vite recouvertes.

— Pas la peine de les attacher.

— Tu devrais les nourrir tout de suite.

— Jamais de la vie. Surtout après un effort pareil, faut attendre plus d'une heure.

Pour cette halte, Raoul a choisi le fond d'une combe où quelques arbres encroués et chargés de neige offrent un bon abri qui évite de monter une claie. Il suffit de construire le feu à bonne distance, assez loin pour que la chaleur ne fasse pas fondre la neige, assez près pour que les hommes en bénéficient sans que le remous de fumée soit trop gênant.

— Cette nuit, c'est moi qui me mets du côté du foyer, dit Timax, y a pas de raison que ce soit toujours toi qui te lèves pour recharger le feu.

— Si tu veux.

Il semble plus calme, comme si cette tempête qui les isole si bien du monde le rassurait.

— En tout cas, tant que ça tombe comme ça, on risque pas d'être emmerdés par leur avion.

— Après cette neige-là, assure Raoul, des tas d'attelages vont se mettre en route pour le Nord. Leur putain de maringouin à pétrole, faudrait qu'il vole vraiment au ras des épinettes pour reconnaître la moustache des gens.

Ils sont allongés sous cette espèce d'épaisse toiture que forment les branchages et la neige. Le feu est à trois pas, avec ses braises qui palpitent et sa flamme que le vent couche en direction de la piste. Le traîneau est à droite, avec, contre son patin, un renflement de neige d'où sort le museau d'Amarok.

Ils sont bien, dans ce cocon musical de la tempête. Le plus fort des bourrasques passe beaucoup plus haut, franchissant d'un bond la petite combe. Ils sont si bien que, cette nuit, Timax dort d'une traite. Chaque fois qu'il doit remettre du bois sur le feu, Raoul l'enjambe sans qu'il bouge. Le trappeur le secoue à l'aube, au moment de reprendre la route.

Il ne neige presque plus. Le froid, de nouveau, est maître de la forêt. Mais le temps que le vent ait damé la couche fraîche, le temps que le grand gel stabilise les congères, l'équipage continue d'avancer lentement, avec une halte toutes les heures. Le devant des parkas se couvre de glace; les barbes et les capuchons en poil de loup ne forment plus qu'un nuage de givre. Les deux hommes s'ébrouent et se secouent. A chaque halte, Timax demeure le regard fixé sur la piste qu'ils viennent de parcourir.

— T'inquiète pas. Peut venir personne.

— Quand je pense que j'ai roupillé comme ça, merde alors!

— Tu vas pas t'en plaindre. Ça prouve que ça va mieux.

La piste sinue entre des bois courts et épais où quelques

La grande traque

maigres bouleaux se mêlent aux thuyas, aux pins de Banks et aux épicéas.

Durant une halte, Timax constate :

— Ici, ce serait pas facile de passer à côté de la piste.

— C'est sûr.

— Puis avec le vent, y aurait des arbres en travers, ce serait vite un foutu barrage.

Ils sont à côté du traîneau. La grosse mitaine du trapu s'avance vers le manche de la hache passée sous les courroies avec les armes.

— Laisse ça tranquille, dit calmement Raoul On coupe pas une piste.

— Tu parles...

— Le premier à passer, ce sera Simon.

Le garçon a un mauvais rire.

— Simon, ton ami de la Police Montée lui aura pris ses chiens. C'est pas...

— Tais-toi. T'as entendu ce que le vieux a dit !

— Le vieux... le vieux, y vit avec son temps.

Timax n'insiste pas. Il grogne selon son habitude, et l'équipage repart. A la halte suivante, alors que Raoul vient d'ouvrir le bidon Thermos et de verser dans des gobelets le thé fumant, Timax demande :

— Tu penses qu'ils vont pas se douter qu'on est chez Adjutor ?

— Comment veux-tu...

Plus rapide à réagir que d'habitude, Timax interrompt :

— Comment ils ont deviné qu'on se trouvait chez Massard ?

Passe un gros coup de rage du nordet qui soulève un large pan de poudrerie. Les deux hommes tournent le dos et courbent l'échine. Lorsqu'ils se redressent, Timax revient à la charge :

— Alors, comment ils pouvaient savoir ?

213

Raoul hésite. Il vide son gobelet qu'il secoue avant de le remettre dans le sac fixé à l'arrière du chargement. Il a déjà fait deux pas en direction des chiens lorsque le trapu lance encore :

— Tu vois bien. Y peuvent tout savoir... tout.

Alors, le trappeur fait volte-face et vient planter son regard dans les yeux de Timax. Sa voix est aussi tranchante que le nordet :

— Oui, y peuvent tout savoir. Et toi, grosse buse, tu t'es pas seulement demandé qui peut bien les renseigner. J'aurais mieux aimé qu'on n'en parle pas. Seulement, puisque t'as l'air d'y tenir, m'en vais te le dire, moi, qui c'est qui les renseigne.

Il se tait. Il hésite encore. Timax va peut-être se détourner, mais non, sans grande conviction, comme s'il ne tenait pas vraiment à une réponse, il fait :

— Alors, vas-y. Dis ce que tu penses.

— Hé bien, je pense comme toi, mon vieux. Ta promise, c'est sûrement une bonne fille. Son frère, c'est un chic gars... Seulement, le père qui sait très bien à qui j'avais vendu mes chiens, le père, on sait pas comment il a gagné ses sous, celui-là. Il a pas encore dit oui pour qu'elle soit ta femme.

Le garçon baisse la tête.

— Si j'en réchappe, je sais pas ce qu'elle voudra faire. En tout cas, si le vieux nous a vendus...

Sans un regard pour le trappeur, il retourne prendre sa place au cul du traîneau. Raoul l'observe un instant, puis, longeant ses chiens qui se lèvent sur son passage et flairent dans sa direction, il lutte contre la pensée qu'il a vraiment repris possession de Timax. Il chasse cette idée qui revient sans cesse avec ce mot : « Si j'en réchappe. »

A chaque halte, Timax remâche sa colère :

— Bon Dieu, si c'est ce vieux salaud...

Raoul finit par dire :

— Exagère pas, y a rien de certain.
— Et alors, tu vois quelqu'un d'autre, toi ?
— Oui.
— Ah ! Qui ça ?
— Réfléchis.
— Je vois pas.

Raoul hoche la tête.

— Le sergent Roberson, y m'a vu souvent avec Simon. Il le connaît. Il sait d'où il est.

Timax fronce les sourcils. Il fait un terrible effort de réflexion.

— Y t'a vu avec pas mal d'autres gars.
— L'avion est sûrement allé ailleurs. Il a peut-être lancé le même message partout. A tout hasard.

Le visage du trapu s'est illuminé. Il sourit, puis il se met à rire nerveusement.

— Y sont peut-être partis sur une autre piste. Des pistes, y en a des tas. T'as raison, le Nord, c'est grand.

Timax s'excite. Il a trouvé une bouée à laquelle s'accrocher. Il la tient bon et nage de toutes ses forces. Raoul doit l'interrompre pour qu'ils reprennent leur route.

Vers quatre heures, Raoul arrête.

— Les bêtes sont fatiguées. Si le froid serre bien, au milieu de la nuit on pourra repartir. La piste sera plus dure.

Lorsque la lune monte derrière les arbres, chiens et hommes nourris dorment déjà. Seul Amarok allongé contre le traîneau ne fait que somnoler. Très souvent, son œil s'entrouvre. Son regard file entre les poils givrés pour observer la piste vernie de lumière froide où leur trace s'efface lentement.

35

Timax s'est réveillé au moins vingt fois pour secouer Raoul en disant :
— T'as pas entendu ?
— Quoi ?
— Des chiens.
— Si Amarok bronche pas, tu peux dormir.

Ils ont entretenu le feu et, bien avant l'aube, ils sont repartis après avoir nourri les chiens, mangé, bu leur thé brûlant et rempli les bouteilles Thermos.

La lune est encore haut perchée. Le froid a augmenté et le vent s'est établi franc nord. Déjà la neige est dure, sculptée de longues vagues au sommet desquelles vole une poussière miroitante. Les chiens et le traîneau n'enfoncent plus qu'en certains endroits et la vitesse augmente considérablement. Amarok impose à ses compagnons un train d'enfer. Les halètements rauques sont le seul bruit avec le frottement des patins qui se mêle au sifflement acéré du vent.

A chaque arrêt, Timax, infatigablement, parle de couper la piste. L'idée lui est entrée dans la tête. Elle y reste plantée comme un piquet que rien ne peut déraciner. Avec une pareille obstination, Raoul l'en empêche. D'ailleurs, plus ils avancent vers le nord, plus la forêt s'éclaircit. La végétation de moins en moins haute se fait également de moins en moins régulière. Elle reste aussi dense, peut-être même davantage dans les endroits où elle pousse, mais de longues places pelées s'ouvrent à droite et à gauche de la piste qui permettraient à un attelage de contourner aisément un barrage.

Ils font leur halte de midi un peu après avoir passé un point où la piste se divise en trois branches. Avant de repartir, Raoul prend la hache. Le regard de Timax s'allume.

— Tu veux que je le fasse ?

— Je vais pas couper la piste, tu vois bien qu'ici ça servirait à rien. Je vais sur celle qui part à l'ouest. J'y ferai comme si on avait bivouaqué là-bas.

— Tu nous fais perdre du temps.

— Les chiens ont besoin de se reprendre.

Il va à travers la forêt, sa hache à la saignée du bras gauche, son fusil de chasse à la main droite. Avant d'atteindre l'autre piste, il a déjà tué deux perdrix des neiges. Il avait vu les traces. Il abat des thuyas et choisit un endroit très abrité où le vent ne risque pas de les recouvrir trop vite. Il allume un feu et forme une litière comme si deux hommes avaient couché là. Il charge le feu d'un gros tas de branches de résineux, il reprend son arme et ses deux perdrix et s'éloigne sur ses raquettes dont la trace marque à peine la croûte crissante où tout disparaît très vite.

Les rivières coulent encore, cependant, déjà tous les lacs sont bien pris. La couche est trop mince pour qu'un équipage puisse se risquer à coup sûr, mais, si le froid tient tel qu'il est, dans deux jours on pourra les traverser. Ils regagneront ainsi le temps que leur a fait perdre la tempête.

Ils vont sans trop de difficultés jusqu'au milieu du

cinquième jour. C'est alors, seulement, qu'ils perçoivent un ronronnement qu'Amarok a entendu le premier. Une fois de plus la chance est avec eux. La piste longe un lac dont elle est séparée par un bas-fond sans doute humide et sableux, où les épinettes blanches ont poussé serré. C'est Raoul qui mène. Il crie :

— Droite ! Droite ! Droite !

Amarok n'a pas un instant d'hésitation, il se lance entre deux arbres. Les branches basses fouettent les bâches enveloppant le chargement. Raoul lâche les montants du traîneau. Il laisse aller un peu et crie :

— Hôôô !

L'attelage déjà très ralenti s'arrête. Les bêtes ont de la neige jusqu'au ventre. Les deux hommes se sont jetés sous les arbres à côté du traîneau. Couchés dans la neige, ils regardent en l'air. C'est à peine s'ils voient un semis de ciel tant le branchage est serré. L'avion ne vient pas du sud, mais du nord. C'est pourquoi ils l'ont entendu très tôt. Le vent leur a apporté le bruit. Il ne vole pas haut et doit suivre la piste. Raoul rampe jusqu'au ras des arbres. Il le voit passer. Il dit :

— C'est pas le même.

— D'où crois-tu qu'il vient ?

— A mon avis, il a suivi la piste où j'ai allumé un feu, puis il a dû couper en travers pour revenir en suivant celle-là.

— Faut tout de même qu'ils aient quelqu'un qui connaît bien le pays.

— Les gens qui connaissent le Nord, y savent qu'une piste, c'est une piste. Ça se trouve toujours.

Le bruit s'est éteint. Timax a le visage crispé.

— Bon Dieu, y nous lâcheront pas.

La grande traque

— T'en fais pas, ils ont rien vu. Ils vont aller chercher ailleurs. D'ici qu'ils aient fait toutes les pistes, on sera rendus à la Grande Rivière.

— Ils ont des postes, de ce côté-là.

— Tu penses pas qu'on va aller foutre le nez dedans. J'ai que des amis, là-bas. On sera bien renseignés.

— Avec les avions, et les radios et tout...

— Ah non, Timax ! Tu vas pas recommencer à avoir la frousse. Ça coupe les jambes, à la longue. La neige est rendue à un point où tous ceux qui ont à sortir avec des chiens vont y aller.

Ils se relèvent et se regardent. Puis Raoul ajoute en souriant :

— Y savent même pas combien on a de chiens.

Ils empoignent le traîneau, mais c'est tout un travail que de le sortir. L'avant a piqué et s'est enfoncé profond. Timax doit dégager la neige pour trouver une bonne assise puis, avec toute sa force de bœuf, il soulève cette charge qu'il parvient à hisser de son trou. Raoul qui a détaché les traits les fixe aux montants arrière et fait tirer les chiens depuis la piste. A eux tous, conjuguant leurs forces et obéissant parfaitement aux ordres du trappeur, ils parviennent à tirer le tout sans être obligés de défaire leur chargement.

— Demain, on devrait être chez Adjutor. En tout cas leur saloperie peut pas nous voir la nuit. Faut qu'on marche la nuit le plus possible.

36

Ce passage d'avion a fait renaître toute la terreur qui habite Timax. Il y a moins d'une heure qu'ils sont couchés. Dans son sommeil, Raoul le sent se lever. Il pense qu'il va remettre du bois sur le feu, mais, à peine quelques secondes passent que la Winchester claque trois fois. Le trappeur bondit.

— T'es cinglé !

Les chiens se sont dressés, brisant leur cocon de neige.

— Il est là !

Timax désigne un point de la forêt où l'ombre est épaisse. Les chiens grognent sauf Amarok qui flaire en toutes directions et semble ne rien comprendre.

— Qu'est-ce que t'as vu ?

— Lui. Lui je te dis.

Il se blottit contre le traîneau chargé sur lequel il a appuyé son arme.

— Laisse ça. Tu pourrais tirer un de nos chiens.

L'œil du garçon fixe toujours le même point.

— Je te dis qu'il était là. Je l'ai bien reconnu avec sa sale gueule. Je savais bien que je l'avais pas tué. Y veut ma peau... Certain. Y veut m'avoir.

Raoul pose sa main sur la nuque du garçon qu'il secoue un peu.

— Allez, viens te recoucher. Les bêtes sont trop crevées pour qu'on reparte tout de suite.

Timax se tourne vers lui. Son regard est effrayant.

— Je te jure qu'il est là.

— Tu sais bien qu'il est mort. T'as rêvé.

— J' l'ai vu. Je te jure.

— C'est bon. On va pas se recoucher. On va rester là près du feu encore une heure. Puis on partira.

— Près du feu, on fait des belles cibles.

Cette fois, Raoul élève la voix :

— Si tu restes planté là, tu seras vite gelé. Allez, fais-moi confiance.

Les chiens ont regagné leur trou sauf Amarok qui se tient près des deux hommes.

— Tu vois qu'il est inquiet.

Raoul se met à rire.

— Y a de quoi. Un mec qui tire au-dessus de sa tête en pleine nuit, sur...

Il se tait. Il a failli dire sur un fantôme, mais le mot lui est resté sous la langue.

Timax soupire. Il a rendu à regret la carabine au trappeur. Il regarde tout autour d'eux avec son œil de bête traquée. Il résiste un peu quand Raoul le prend par le bras pour le tirer vers la claie contre laquelle ils étaient allongés.

— Je veux pas me recoucher. Je sais que je dormirai pas.

— Faut se reposer un peu, sinon, on tiendra pas.

Ils reprennent leur place, mais le garçon ne cesse de se soulever sur un coude pour mieux écouter, pour tenter de voir. Le vent mène sa vie habituelle. Amarok, que cette pétarade a inquiété, ne s'est pas recouché. Il est allé faire une petite ronde, fouiner sous le couvert, puis il est venu s'asseoir à l'abri du traîneau, le nez pointé vers la direction d'où ils sont venus.

— Tu peux être tranquille, répète Raoul, à plusieurs milles d'ici y saurait qu'il y a du monde.

Timax demeure un long moment muré dans son silence, puis il demande :

— T'as jamais entendu dire qu'un mort peut revenir ?

— Allons, commence pas avec pareilles sornettes.

— C'est pas des sornettes. La mère Ferrodard le dit. Elle a vu ça, elle. Puis des autres l'ont vu aussi.

— Tais-toi donc.

Plus dur, Timax réplique :

— Ma mère aussi, elle dit que c'est vrai. Et tu sais, ma mère...

Il n'achève pas. Comme frappé soudain d'une illumination, il s'assied et reprend :

— Ça fait trois quatre fois que tu me dis qu'avec une neige pareille, y va y avoir un tas de traîneaux en route vers le nord.

— Y en a sûrement pas mal.

— On voit personne.

Raoul rit.

— C'est une chance, tu serais foutu de leur tirer dessus.

— Arrête de déconner, Raoul. Si on voit personne, c'est que tout le monde est mort. T'as pas compris ? Y a plus que des morts.

Raoul s'assied à son tour et s'adosse à la claie. D'une voix tout à fait calme, il réplique :

— T'as raison, mon petit. Y a plus que des morts. C'est des morts qui nous cavalent aux trousses. C'est bien pourquoi t'as pas besoin de leur tirer dessus. Si y sont déjà claqués, tu vas pas leur faire grand mal. Moi, je pense même qu'on devrait s'en retourner, pour voir...

Soudain violent, Timax l'interrompt :

— Arrête ! Faut foutre le camp tout de suite.

Il se dresse et Raoul en fait autant.

La grande traque

— On va y aller. Ça te calmera. Sinon, je finirais par te calotter.

Sa colère fondue d'un coup, le garçon se fait implorant. Les sanglots mal contenus font trembler sa voix. Ses mains sorties de ses moufles empoignent la parka du trappeur et s'y agrippent.

— Mais bon Dieu, mets-toi à ma place, Raoul. Dès que je m'endors deux minutes, je vois ce type. Ou bien j'en vois un autre qui s'approche de moi avec une corde et qui veut me la passer au cou. Je me vois comme un renard pris au collet. T'as jamais essayé de savoir ce que ça doit être, pour une bête, de se débattre avec le cou dans le fil ? Ben moi je le sais, à présent. Je crois bien que je pourrai plus jamais piéger.

— Mon pauvre vieux, avec le froid, un renard pris, il a pas le temps de souffrir.

Timax s'éloigne en grognant :

— Saloperie... saloperie...

Et Raoul se demande de quoi ou de qui il parle ainsi.

37

Ils ont mené un train infernal toute la nuit et passé la journée dans un sous-bois d'épinettes. Avant de quitter leur campement, ils avaient éteint le feu et effacé le plus possible les traces. Ici, ils n'ont allumé que la lampe à alcool pour faire dégeler une boîte de fèves au lard qu'ils ont mangées tièdes. Timax a coupé à la hache des morceaux de poisson gelé que les chiens ont mâchés, croqués, sucés lentement.

Amarok resté libre tourne en rond sans s'éloigner. D'ailleurs, dès qu'il approche de la limite du sous-bois, Timax l'appelle.

Deux fois au cours de la journée, un avion a survolé la piste. Après son deuxième passage, Raoul décide :

— A présent, on peut aller, on craint plus rien.

Ils partent sans attendre la nuit. Amarok qui n'apprécie guère ces changements d'horaires n'est pas d'humeur à plaisanter au travail. Il impose à son équipe une terrible cadence. Il montre les crocs pour un rien et les deux jeunes couchent les oreilles chaque fois qu'il grogne.

Raoul ordonne une halte d'une heure au milieu de la nuit. En dépit des supplications de Timax, il construit un feu, dégèle de la viande pour les chiens et prépare un vrai repas avec ce qu'il faut de thé pour emplir les bidons Thermos.

— Ce coup-ci, on va d'une traite chez Adjutor. On devrait être chez lui de bon matin.

— Faut s'arrêter au jour, supplie Timax.

— Je t'ai répété cent fois que leur avion peut pas être là à l'aube. Peut pas encore se poser sur l'Harricana. Y se pose au lac Ouanaka, il leur faut le temps d'y aller, de mettre en route. Je connais le fourbi.

L'aube est déjà bien avancée, rose et cendrée, lorsqu'ils approchent du découvert qui entoure la cabane d'Adjutor Lalande. Petit campe de bois rond avec, sur sa droite, un amoncellement de neige qui monte jusqu'au toit.

Amarok ralentit. Il lève la tête, couche les oreilles et flaire le vent.

— Allez ! Allez !

Les autres chiens à leur tour donnent des signes d'inquiétude. Raoul fait claquer son fouet, le train s'accélère un peu pour retomber presque aussitôt. Raoul ne voit aucune fumée sortir de la cheminée. Pas le moindre filet.

Timax saute du traîneau :

— C'est louche. Faut pas y aller.

Il suit pourtant pour ne pas rester planté sur cet espace nu. Raoul arrête l'équipage à vingt pas de la bâtisse. Il prend son arme et ordonne :

— Reste avec les chiens.

— N'y va pas.

— Si c'était un piège, y aurait du feu.

Il s'avance seul. Le petit campe bâti par le vieux solitaire a été parfaitement orienté : c'est le vent qui balaie devant la porte. Sur la gauche, une longue congère s'en va en se lovant comme un gros reptile. La lumière naissante fait luire son corps souple.

Raoul essaie de voir par la fenêtre, mais l'intérieur est

obscur et les vitres ont été noircies par la fumée. Il va à la porte qui s'ouvre sans difficulté. Raoul comprend dès le premier regard. Le vieillard est allongé sur son lit. Son bras droit est le long du corps, le gauche replié sur la poitrine. Une main est ouverte sur la couverture de fourrure. Raoul avance d'un pas et se porte sur le côté pour laisser entrer la lumière. C'est alors qu'il découvre le chien, allongé à côté du lit, aussi raide que son maître, le museau posé sur les pattes, les yeux grands ouverts fixant la porte. Raoul revient au seuil.

— Va jusqu'au bois avec les chiens et attends-moi.
— Qu'est-ce qu'il y a ?
— Va, je te dis. Je t'expliquerai.

Raoul rentre et entend bientôt Timax qui tempête contre l'attelage. Il revient à la porte. Couché les pattes écartées sur la neige, Amarok refuse de bouger.

— Gueule pas comme ça.

Il va vers Amarok et s'accroupit pour lui parler d'une voix qui ne sait trouver pareil velours que pour cette bête :

— Amarok, tu vas avec Timax. Hein, tu vas avec lui jusqu'au couvert des arbres.

Amarok balaie la neige avec sa queue. Il s'assied. Raoul prend sa grosse tête entre ses mitaines et continue de parler. Le chien se met sur ses quatre pattes. Raoul fait trois pas, l'attelage s'ébranle et le suit. Comme il s'écarte, Amarok s'arrête et se couche.

— Bon Dieu, rage Timax. Qu'est-ce qu'il a ?
— Le vieux est mort avec son chien. Y sont roides tous les deux. Il le sent. Y veut pas que je retourne vers des morts.

Les yeux du garçon s'emplissent de terreur une fois de plus.

— Y a plus que la mort partout. Je te l'ai dit, nom de Dieu. Ça fait trois jours que j'arrête pas de te le répéter.

La grande traque

Sans s'occuper de lui, Raoul mène les chiens jusqu'au bois. Dès que l'attelage est à couvert, il attache Amarok à un tronc de sapin.

— Empêche-le de s'étrangler en tirant comme un fou, j'en ai pour cinq minutes.

— Y va pas, Raoul. C'est la mort partout.

Comme Timax s'accroche à lui, il frappe son bras d'un coup sec pour lui faire lâcher prise. D'une voix tranchante :

— Ta gueule !

Il part sans se retourner. Aussitôt, Amarok pousse un long hurlement sinistre que reprennent bientôt ses compagnons. Tous se sont assis, le museau pointé vers le ciel et dans la direction du petit campe que regagne Raoul.

A présent, une lueur plus vive reflétée par la neige entre dans cette pièce unique. Raoul va se planter au pied du lit. Il enlève son capuchon de loup et sa tuque de grosse laine. Il se signe. Il fixe un moment en silence ce visage de pierre dont les pommettes pointent au-dessus de la barbe blanche.

— Adjutor, vous voilà bien tranquille là-haut. Ici, la mort est embusquée partout. C'est vrai. Alors, si vous pouvez nous aider...

Sa voix pourtant calme se vrille d'un coup et se casse. Il tousse. Remet sa tuque. Il examine les lieux. Le fusil du vieillard est accroché au-dessus de son lit à un énorme bois d'orignal. Devant la fenêtre, contre une chaise, il découvre des longerons tout neufs pour un traîneau et les traverses que le vieux avait commencé de tailler. Il y a même des lanières de peau d'orignal préparées pour l'assemblage.

— Voilà qu'il se montait une petite traîne. Il se sentait d'aller encore un bout.

Sur la table, Raoul trouve une paire de mitaines en peau d'ours à peu près neuves et une boîte de fer contenant du sucre. A côté, une assiette émaillée, une cuillère et une fourchette. Sur le dos d'une chaise, le prospecteur avait étendu une chemise. Elle est sèche. Elle a donc été lavée avant le gel. Sur le poêle, la bouilloire est pleine d'un bloc de glace qui l'a fait éclater.

Sur les rayons, Raoul trouve du sucre, des tablettes de chocolat, deux grosses boîtes de thé et un énorme morceau de lard dur comme du roc. Dans un placard, deux sacs de nourriture pour chiens. Il se tourne un instant vers le cadavre :

— Je sais bien que vous aimerez mieux que ce soit pour moi que pour la Police Montée.

Il trouve deux sacs de toile grise où fourrer tout ça. Puis, comme il va sortir, il remarque sur le bord de la fenêtre un gros briquet de cuivre.

— Je le prends en souvenir de vous, Adjutor. En souvenir des pipes qu'on a fumées en nous passant du tabac.

Raoul sort. La lumière a encore grandi, mais il voit tout à travers un rideau flou. Et ce n'est pas vraiment ce moment qui est présent à lui, mais d'autres, où le vieux prospecteur avait sa place. C'est sa voix grave un peu chevrotante qu'il perçoit plus nettement que les hurlements ininterrompus de ses chiens.

Posant ses deux sacs et sa carabine, il referme soigneusement la porte contre laquelle il roule un plot qui servait au vieux à fendre son bois.

S'étant signé une fois encore, il reprend sa charge et s'éloigne. A mesure qu'il approche du traîneau, les hurlements diminuent. Il est à peine à mi-course qu'Amarok se tait et se couche, tout de suite imité par les autres.

— Faut foncer, tu nous fais perdre un temps terrible.

— J'allais pas laisser ça à la Police Montée, tout de même. Et je pouvais pas partir sans dire adieu au vieux.

La grande traque

— C'est eux qui vont le trouver.
— S'ils viennent par là les premiers.
— Ils viendront. Tu viens de le dire.
Raoul arrime ses sacs, puis, reprenant la tête, il guide Amarok à travers bois en s'écartant de la piste.

38

Ils vont un moment entre les épinettes plus courtes et clairsemées, ils contournent un bas-fond trop boisé et peinent dans un dévers où la neige poudreuse s'est accumulée.

— Pourquoi t'as quitté la piste ?
— Je veux éviter le village des Cris qui est sur la rive.
— C'est des amis pourtant.
— Justement, y comprendront pas qu'on soit si pressés d'aller.

Ils s'arrêtent pour laisser souffler les chiens. Raoul hésite un peu avant d'ajouter :

— En plus, si jamais on les interroge, je préfère qu'ils soient pas obligés de mentir.

Ils vont encore une petite heure dans le bois et les espaces de toundra où ne s'accrochent que quelques touffes maigres, puis ils rejoignent la piste où ils vont pouvoir reprendre de la vitesse.

A présent, ils peuvent s'engager sans crainte sur la glace et traversent très rapidement deux petits lacs. Durant les haltes, les chiens se couchent tout de suite. Quand il faut repartir, les jeunes donnent quelques signes de fatigue et de mécontentement. Amarok a vite fait de les ramener à la raison. A onze heures, ils s'arrêtent. Ils ont beaucoup peiné entre les deux lacs dans une partie de piste mal orientée où il fallait faire la trace. Ils tirent le traîneau sous le couvert et commencent à s'installer. Raoul montre le lac qu'ils auront à traverser quand ils repartiront.

— Après celui-là, on monte un moment, puis on descend vers un plus petit.

Timax vient de tirer la hache pour préparer la viande des chiens lorsque Amarok se met à gronder. Ils se taisent. Rien. Pourtant, Raoul n'hésite pas un instant :

— Faut atteler en vitesse.

— Tu crois que...

— Probablement des Cris à la chasse. Mais on sait jamais.

Amarok est extrêmement nerveux. Il gronde sans arrêt et les autres aussi. Surtout Petermassi dont Raoul se souvient qu'il a l'oreille très fine.

Ils ont refait leur chargement et fini d'atteler lorsqu'ils entendent, très loin derrière eux, un jappement à peine audible.

— Allez !

Ils n'ont pas botté les chiens dont les pattes accrocheront mieux. Le traîneau part à fond sur une petite pente rectiligne et s'engage sur le lac. La glace chante très clair sous les patins. Quelques barres de neige bien gelée sonnent comme des voûtes. Du fond de sa gorge, Raoul tire des halètements rauques plus forts que ceux des chiens.

— Hé, hé, hé !

C'est un ordre qu'il n'utilise que pour demander que la vitesse augmente, que les bêtes donnent tout ce qu'elles peuvent.

Il a choisi le lac qui les met à découvert mais va leur permettre de prendre une avance considérable. Sur la neige, même bien gelée, ils font la trace et des poursuivants sont avantagés. Sur la glace, c'est le meilleur qui l'emporte et Raoul est persuadé d'être le meilleur. Timax qui court pour soulager les bêtes ne peut pas suivre.

— Monte! Monte!

Le costaud se jette sur le chargement. Le vent de la course les assourdit. Ils ne peuvent rien entendre d'autre que son sifflement.

Ils ont peut-être encore trois cents pas à courir lorsque des coups de feu claquent.

— Hé, hé, hé!

Arnatak tombe et boule sous les pattes des chiens qui suivent. C'est la chute générale. Traits emmêlés. Raoul se retourne et voit le traîneau des autres pas très loin de la rive.

— Hôôô!

Sans attendre cet ordre, Amarok s'est arrêté. Raoul épaule sa Winchester et, sans viser vraiment, tire trois coups en direction des poursuivants qui se couchent sur la glace. Il sait qu'à cette distance, il n'a aucune chance de les atteindre. Eux sont armés du gros fusil Roos 303 qui porte trois fois plus loin que sa carabine.

— Couche-toi. Couche-toi!

Le garçon s'allonge sur la glace en criant :

— Je le savais... Je le savais.

Les balles continuent à siffler. A genoux, Raoul coupe les traits et tire avec rage le corps ensanglanté d'Arnatak. Les dents serrées sur sa colère, il grogne :

— Salauds... salauds...

— On est foutus! hurle Timax.

— Bouge pas!

Affolé par le miaulement des projectiles et le bruit des détonations qui courent sur le lac gelé, le garçon se lève pour foncer vers la rive. Il fait trois foulées et s'arrête. Il hésite. Il vacille avant de se tordre en tombant sur le côté, les mains au ventre.

Raoul se précipite. Il le traîne, le soulève de toute sa force et réussit à le hisser à l'avant du traîneau. Les traits sont encore embrouillés, mais les chiens peuvent tirer tant bien que mal.

— Allez, Amarok ! Hé ! Hé ! Hé !

L'équipage démarre et pique vers le point le plus proche de la rive. Quelques détonations claquent encore, mais, dès que le traîneau a dépassé les premiers arbres, le tir s'interrompt.

Raoul fait monter les chiens en les aidant de toute sa force. Dès qu'il atteint le replat, il arrête.

— Attends ici, Amarok. Assis !

Amarok s'assied, son œil est inquiet. Il sait qu'il se passe quelque chose de grave. Raoul court quelques pas pour gagner un endroit d'où il peut voir le lac. Près de la rive sud, les deux hommes ont fait virer leur équipage. Ils vont eux aussi mettre leurs chiens à couvert. Raoul rage.

— Je tue pas les chiens, moi !

Il revient au traîneau où Timax est recroquevillé sur le côté droit, les mains dégantées crispées au tissu rougi de sa parka. Son râle est énorme. Il ouvre les yeux. Des yeux où se lit une peur plus grande encore que celle qu'il traîne depuis des jours. Sa voix est à peine audible :

— Ma mère... faudra...

Il grimace.

— Je vais te soigner.

La lourde tête barbue va lentement de droite à gauche. Le capuchon se déplace et vient devant les yeux. Raoul le relève doucement. Le costaud trouve encore la force de souffler :

— Gisèle... son père... tu diras...

Un flot de sang envahit sa bouche et ruisselle sur la

barbe où il gèle aussitôt. La tête se soulève à peine, les yeux se révulsent. La main droite s'ouvre, lâche le tissu déjà raide et tombe sur la bâche d'un colis que le sang a rougi. Raoul soupire. Il ferme les paupières du garçon sur cette peur immense qui vient de se figer d'un coup dans ses yeux, il quitte sa tuque le temps de se signer, puis il se redresse.

Quelque chose vient de se solidifier en lui. Une espèce de force inconnue, pareille à une lame.

— Amarok ! Tu restes ici. Couché ici.

Amarok s'allonge sur la neige et les autres l'imitent.

Raoul vérifie le chargeur de son arme. Il reprend sa musette de munitions et, lentement, se tenant toujours derrière des arbres et des buissons, il se met à progresser en direction du sud, s'arrêtant souvent pour épier la rive où ceux qu'il cherche se sont cachés.

39

Le trappeur avance lentement et se glisse sous un fourré d'où il peut observer toute la partie sud du lac. Une pointe rocheuse s'avance.en décrivant une courbe vers l'ouest. C'est là que les deux hommes ont dû s'abriter pour que leur équipage reste sur la glace, prêt à reprendre la poursuite dès qu'ils estimeront qu'ils peuvent le faire sans risque.

S'écartant du rivage, il reprend sa progression, s'arrêtant tous les dix pas pour observer et écouter. Le vent vient du nord-est. Il ne lui est pas favorable, mais il ne porte pas non plus en direction des autres. Pour le moment, leurs chiens n'ont encore aucune chance de l'éventer. Ce qu'il faut, c'est qu'il puisse approcher à moins de cent cinquante mètres, ainsi, ils seront à armes égales.

Il se trouve encore à trois cents mètres au moins lorsqu'il voit l'équipage de la Police Montée doubler la pointe et virer tout de suite vers le sud-est.

— Ça change rien.

Il est d'un calme qu'il n'a peut-être jamais connu durant aucune chasse. Il attend. Il se trouve très bien à l'abri de ces broussailles. Dix minutes passent, puis, tout à fait sur la droite, entre des bouleaux rachitiques, il devine une ombre qui se déplace lentement et avance vers l'ouest.

— Très bien. T'as laissé ton gars avec les chiens. Tu vas essayer de me prendre à revers. Je pouvais pas espérer mieux.

L'homme à la parka bleue disparaît bientôt. Raoul sait qu'il continue sa progression. Il attend à peu près un quart d'heure, puis il se met à avancer à son tour vers l'intérieur des terres mais sans trop s'éloigner du lac. Ce qu'il veut, c'est atteindre la trace qu'aura laissée le sergent, et il y parvient assez vite. Il se sent soudain habité d'une grande joie. Il tire le capuchon de sa parka et relève sa tuque pour dégager ses oreilles. Il ne perçoit pas le froid. Il n'y a pas en lui le moindre soupçon de peur. Il se sent d'une extrême lucidité et plus que jamais maître de ses muscles. Son pas trouve d'instinct l'assise où sa semelle pourra se poser sans bruit.

Il suit un moment la trace du sergent, puis, avant une levée de neige, il oblique légèrement sur la droite. Il ne s'est pas trompé. L'imaginant toujours au bord du lac, le sergent a voulu, lui aussi, trouver sa trace et le prendre à revers. Il le voit, là en bas, il épaule lentement. S'il tire, il l'atteint dans le dos.

Mais quelque chose se passe en lui qui l'oblige à baisser son arme. Un pin couché est sur sa gauche, avec toute sa résille de racines en l'air, pareille à une dentelle de neige. Raoul va s'accroupir derrière et crie :

— T'es foutu, Roberson !

L'autre plonge dans un fourré de thuyas et disparaît.

— Rends-toi, Herman ! m'oblige pas à te tirer dessus.

— T'es foutu, sergent. Je sais où tu es, tu sais pas où je suis. T'es foutu.

De très loin, la voix de l'autre arrive :

— Attention à moi, sergent. Je vais le prendre à revers.

La grande traque

— T'approche pas, crie Roberson.
— Tu tires sur les chiens, à présent. T'es une ordure, Roberson.
— J'ai pas tiré sur ton chien pas plus que sur ton copain...
— Toi ou ton type, je m'en fous. Tu vas payer. Puis je veux t'avoir au ventre. Je veux que t'aies le temps de te voir crever.

Les mots viennent comme ça, sans qu'il ait à les chercher. Tout en lui et autour de lui a la limpidité du ciel.

A travers la résille des racines, il observe le fourré où le sergent a plongé. A force de regarder, il constate que quelque chose se déplace imperceptiblement vers la droite.

Roberson essaie d'atteindre un rocher derrière lequel il sera à l'abri. Raoul lève son arme. Il ne veut pas tirer au jugé, mais toucher l'homme à coup sûr quand il bondira pour retomber derrière le rocher. Il fera deux foulées, pas plus. C'est assez. Largement assez !

Raoul a sorti sa main droite de sa mitaine pour ne garder que son gant de laine. Il épaule. Son index est sur la détente. A l'instant précis où il l'attendait, l'homme jaillit des fourrés. La détonation claque. Enorme dans le silence. Répercutée par mille obstacles. Roberson n'a pas achevé son saut. Il a boulé en lâchant son lourd fusil. Raoul sait que le sergent possède un pistolet, mais il est certain de l'avoir atteint.

Le trappeur descend calmement jusqu'au blessé qui se tient à genoux, le dos arrondi, la tête contre la neige. Son râle est moins rauque que celui de Timax. La voix de l'autre est encore très loin :

— Sergent ! Sergent ! Ça va ?

Raoul se met à rire.

— Ça va. T'as plus de sergent !

Il pousse du pied l'épaule du blessé qui bascule contre le rocher. Lui aussi a du sang plein sa barbe.

— Alors ?

Les paupières battent. La voix qui remue des caillots parvient encore à dire :

— Herman... le Nord...

C'est fini. Raoul ramasse le Roos 303 à dix coups qui porte à plus de cinq cents mètres. Il ouvre la parka pleine de sang qui craque déjà et déboucle la cartouchière. Il tire aussi le pistolet de l'étui et le glisse dans sa poche. Accroupi derrière le rocher où le mort demeure appuyé, il crie :

— Si tu veux ton sergent, faut venir le chercher.

Des coups de feu partent en contrebas. Des balles sifflent, mais très haut. Plusieurs claquent contre des troncs d'arbres sur la droite. Raoul se soulève et voit l'homme qui court en direction du lac. Alors, retrouvant les mots dont Roberson a toujours usé avec ses chiens, il hurle :

— *Go ! Go !* Hoch, hoch, hoch, hoch !

Et l'équipage de la Police débouche de la pointe. Les chiens sans conducteur foncent sur les traces de l'autre traîneau.

40

Dès que les chiens ont démarré, la voix du policier a lancé :

— Whoa ! Whoa ! *Come come come !*

Mais tout de suite Raoul s'est mis à tirer avec le fusil à répétition du sergent. Les détonations ont couvert les ordres et les chiens lancés sur la trace l'ont suivie sans même ralentir. S'arrêtant de tirer, Raoul a crié :

— T'as plus rien ! Assassin ! C'est le pays qui va te tuer. C'est le Nord qui va te fusiller ! Si tu viens, je te tirerai avec le 303 de ton chef.

Puis il est parti à travers bois, très vite, coupant droit en direction de son attelage.

— Faudrait pas qu'Amarok s'empoigne avec leur chien de tête. Ça ferait du joli !

A son arrivée, il trouve l'attelage de la Police arrêté sagement derrière son propre traîneau. Les chiens grondent un peu, mais, dès qu'il commence à leur parler, ils se calment et frétillent bientôt.

— Vous allez me suivre, les petits.

Il va démêler ses traits. Au passage, il a un regard rapide pour le corps toujours recroquevillé de Timax. Il souffle :

— C'est fait.

Son attelage reformé, il vient prendre place derrière son traîneau et donne l'ordre de marche. Amarok démarre. L'autre attelage suit docilement. Ce sont des bêtes splendides, toutes croisées malamute et husky. Raoul parle à Timax comme s'il pouvait encore l'entendre. Presque sans émotion.

— Si l'autre est fou, y va reprendre la piste pour gagner le village cris. Sinon, y va essayer de m'avoir. Seulement, faut pas qu'il attende.

Raoul se met dans la peau de ce policier qui doit être assez jeune.

— Le village cris, il a pas une chance sur mille d'y arriver. Y va me suivre pour me tirer comme un lièvre.

Il est secoué d'un ricanement.

— Faut lui laisser sa chance, faut pas aller trop loin.

Il se met à examiner le terrain et trouve bientôt un emplacement qui lui paraît idéal pour y passer la nuit. Il doit bien rester deux bonnes heures de jour. Le vent tient sa cadence. Le ciel s'empourpre à l'ouest et le froid ne faiblit pas.

— Les bêtes pourraient aller un moment.

Il s'arrête pourtant.

Première chose, il remet en place le corps pétrifié de Timax qui commençait à glisser sur la droite. Il rabat le capuchon de manière à cacher entièrement le visage et cette barbe qui n'est plus qu'un bloc brun et luisant.

Prenant bien son temps, comme un coureur de bois que rien ne presse, il place les lignes d'attache pour ses chiens et pour ceux des M.P. Il détèle les bêtes qu'il mène une par une à leur place et qu'il enchaîne pour la nuit. Il ne laisse en liberté qu'Amarok qui, de lui-même, a déjà pris sa place près du traîneau. Quand Raoul défait le harnais du chien de tête des policiers, il y a des grognements. Le king dog essaie de lui échapper pour aller se mesurer à

Amarok qui l'attend de pied ferme. Un coup bien appliqué sur le museau lui apprend que Raoul n'est pas homme à se laisser mener par un chien.

Si le policier l'a suivi, dès qu'il approchera, Amarok préviendra. Le trappeur continue donc d'organiser son bivouac, d'alimenter le feu qu'il vient d'allumer, de faire dégeler à manger pour lui et pour les chiens. Il n'a pas à déplacer le corps roide de Timax pour trouver de la nourriture, il y a tout ce qu'il faut dans les bagages fort bien organisés des policiers.

Raoul découvre une grosse provision de cartouches et un fusil de réserve. Il y joint les armes du sergent. Tout compte fait, sa Winchester qu'il manie depuis tant d'années lui suffit.

Il mange tranquillement. Il donne aux chiens ; à deux mètres du foyer bien chargé, il roule un paquet de couvertures et lui imprime la forme d'un corps. Il remet encore quelques grosses branches sur le feu, puis, reprenant sa carabine et ses cartouches, il appelle doucement Amarok et s'engage sur la piste par laquelle ils sont arrivés.

En venant, il a repéré l'endroit idéal pour s'embusquer. A cent pas de la piste au bord d'une plaque de roche, des buissons courts et très épais ont poussé qui forment comme un bourrelet à cet espace découvert. Raoul et son chien s'y glissent. La lune est à peine levée. Des ombres très longues s'entrecroisent sur la neige qui recouvre la roche. Elles sont comme un filet irrégulier où la lumière semble se prendre. La seule vie de la nuit est le vent, et ce foyer que Raoul domine et qui continue de veiller un mort.

41

Amarok s'est assis à côté de Raoul installé sur une roche saillante d'où il a déblayé la neige à coups de botte. Une grosse touffe d'épineux les domine. Ils se tiennent dans son ombre. Devant eux, d'autres buissons plus petits. Le regard du chien, comme celui du trappeur, reste rivé à la piste, à l'endroit où elle débouche sur le dévers. Le vent est glacial, mais ni l'homme ni son compagnon ne le craignent. Ils sont aussi immobiles, aussi silencieux que la roche sur laquelle Raoul est assis. La lune monte. Les ombres se raccourcissent et la résille se déplace lentement sur la neige. En bas, le feu a quelques soubresauts, puis il se remet à brûler lentement. La résine doit couler sur les braises, mais, d'ici, on ne peut pas l'entendre chanter. Le vent emporte la fumée le long de la rive du lac où les buissons la cardent comme une laine trop maigre.

Il y a peut-être deux heures que Raoul et Amarok sont embusqués lorsque le chien émet un grognement à peine perceptible.

— C'est bien, dit Raoul à voix basse. Tais-toi.

Il pose sa main sur la tête du chien qui se tait.

Un bon moment passe encore avant qu'Amarok ne donne un coup de museau contre la jambe du trappeur.

La grande traque

Raoul retire sa main droite de sa moufle et ne garde que son gant de laine. Il empoigne sa carabine qu'il soulève lentement. La tête coiffée du bonnet de fourrure paraît, s'arrête, monte un peu. Le buste émerge, puis le reste du corps. L'homme avance avec une infinie lenteur. Il est presque à hauteur de Raoul lorsque les chiens l'éventent. Les uns grognent, les autres jappent. Alors, épaulant très vite, l'homme tire quatre fois et Raoul voit bouger deux fois la bâche qu'il a roulée près de son feu. Raoul laisse l'homme encore méfiant faire quelques pas en direction du bivouac puis, épaulant, un dixième de seconde avant de tirer il crie :

— Salaud !

Cette fois, il a visé la tête. L'homme est comme poussé en arrière, puis il s'écroule sur les genoux avant de verser sur le flanc.

Raoul ne fait même pas un pas dans sa direction. Comme le chien gronde, il dit :

— Viens, Amarok. Viens, mon beau. On a fini.

La détonation a couru très loin avant de revenir répétée plus de dix fois par les rives du lac. Dans un bouquet de résineux tout proche, il y a eu des bruits d'envol et quelques piaillements.

Raoul regagne son bivouac. Amarok reprend tout de suite son poste près du traîneau pendant que Raoul apaise les autres chiens et recharge le feu.

42

Raoul s'est couché à la place même où le policier a voulu le tuer. Il s'est enveloppé dans cette couverture en peaux de lièvre et cette bâche que les balles ont trouée. Il ne dort pas. Il ne trouvera pas le sommeil. Il aimerait partir, tout de suite, mais les chiens ont droit au repos.

Le vent miaule dans les arbres. Par moments, le gel fait éclater un tronc. On entend jusqu'ici hurler la glace du lac. Raoul aime ces ululements qui tiennent à la fois de l'appel d'un nocturne et de celui du loup. Il sait d'où ils viennent, mais jamais encore il n'avait autant que cette nuit pensé à cette vie des profondeurs de l'eau d'où monte une respiration qui, formant de grosses bulles, hurle sous les glaces qui la tiennent prisonnière. Très loin sous le gel, une existence nombreuse d'infiniment petits poursuit son travail. On cessera d'entendre ces bulles affolées quand la couche de glace sera plus épaisse. Cette vie des profondeurs est la vie de la mort. Elle naît de la putréfaction des bois, des feuilles, des bêtes qui forment la vase. Des millions de larves s'en nourrissent.

Un corps humain pourrait participer à ce gigantesque repas de millions de bouches minuscules. Un corps comme le sien comme celui de Timax ou des policiers.

La grande traque

A Saint-Georges, en ce moment, tous dorment. Tous sauf peut-être deux femmes, Catherine qui pense à lui et la grosse Justine Landry qui pense à son fils. Qui doit prier pour lui comme elle a prié pour son homme noyé dans la mine, comme elle a prié pour sa fille luttant contre la maladie qui allait l'emporter. Justine n'a plus rien. Plus un être à qui se donner.

La poitrine de Raoul se gonfle. Son visage se crispe et ses yeux qui fixent le feu se ferment un instant.

Ne devrait-il pas reprendre la direction de Saint-Georges pour voir Justine ? Lui dire comment est mort son petit ? Ne reste-t-il pas, là-bas, à trouver qui les a donnés ? N'y a-t-il pas encore quelqu'un à punir ?

La pensée de Raoul s'arrête un moment chez les Massard. Il imagine leur tête s'ils le voyaient revenir avec deux équipages.

Il voit le vieux Lalande seul depuis tant d'années dans les bois, seul dans son campe avec son chien et qui s'est allongé sur son lit pour attendre la mort.

— Je te dis que la mort est partout.

D'un coup, s'ouvre un vide immense. Raoul le fixe. Très vite, ce vide prend forme. Il se peuple. Il devient l'immensité du Nord avec, tout au bout, la banquise qui, bientôt, recouvrira toute la baie James et la baie d'Hudson. Loin, plus loin que Raoul n'est jamais allé.

Soudain le trappeur sursaute. Il s'était assoupi. Un chien a grogné. Il se lève sur un coude. Non, ce n'est pas Amarok. Il se recouche et cherche en lui ce qui l'habitait durant ce somme qu'il vient de faire.

— Si je l'avais écouté . si on avait coupé la piste partout.

Raoul se lève. Il remet du bois sur son feu et, au lieu de se recoucher, il roule la toile en un gros paquet qu'il pose contre l'arrière du traîneau. Il s'assied là, tout près de

Timax qui est couché au-dessus de sa tête. Le trappeur a sa Winchester à portée de la main. Amarok vient s'asseoir contre lui. Raoul éprouve le besoin de parler :

— Amarok, chez les Eskimos, tu as des amis. Tu iras les retrouver.

Il parle ainsi un long moment au chien qui a posé sa tête sur sa cuisse et pousse de loin en loin de profonds soupirs.

Dès que montent derrière les forêts les premières roseurs de l'aube, Raoul commence à faire dégeler de quoi se nourrir et nourrir ses bêtes. Il prépare du thé. Il mange. Il voit Timax qui dévore, là, près du feu, en face de lui. Il s'en faut de peu que Raoul ne lui parle.

Dès que les chiens ont mangé et que tout est prêt sur les traîneaux, il attelle. Il va mener l'équipage des policiers. Il sait qu'Amarok suivra. Amarok n'a besoin de personne pour le conduire. Son maître est devant, il ne le quitte pas d'une semelle, un peu étonné seulement qu'on ne le fasse pas passer en tête.

Ces chiens sans nom obéissent fort bien et Raoul se borne à faire claquer de temps en temps son fouet quand la piste s'élargit et qu'une bête fait mine de s'écarter un peu. Ces chiens-là ont tout de suite senti qu'ils ont à faire à une poigne qui connaît le métier. Et Raoul revoit Roberson menant un même équipage, beaucoup plus au nord, pour partir avec lui ravitailler des gens prisonniers de l'hiver. Il le revoit sans haine, sans regret, calmement.

Le jour monte. Le vent vient toujours du nord et cingle aussi fort. Le beau temps est bien accroché.

Chaque fois qu'il y a sur la piste une bosse un peu tordue qui donne du dévers aux traîneaux, Raoul se retourne. Le corps de Timax se balance un peu d'un bord sur l'autre, mais une courroie le tient bien.

Durant une halte, Raoul demeure un moment à deux pas de cette masse d'étoffe. Devant, s'inscrit soudain le visage bouleversé de Justine Landry. Pas la femme de quarante-cinq ans usée par la vie qu'il a laissée chez sa sœur. Non, celle de vingt-cinq ans qui épousait un chercheur d'or devenu mineur. Justine riant parmi tous ces hommes en joie.

— Bon Dieu ! Est-ce que je pourrais rentrer avec toi comme ça ?

Il a parlé haut. Il s'est adressé à ce costaud dont le sang a fermé la bouche comme la boue avait fermé celle de son père. Soudain, le visage de Justine se plisse. Elle a toujours vingt-cinq ans, mais de grosses larmes ruissellent.

— Non, je peux pas. Je peux pas te le ramener comme ça. C'est pas Dieu possible. Je peux pas.

Sa voix se brise. Tout se brouille et bascule.

Raoul s'est approché du traîneau où ses mitaines ont agrippé une lanière d'arrimage. Il ferme les yeux. Il fait un effort prodigieux pour retrouver son souffle et calmer son cœur qu'il entend cogner comme un fou dans sa poitrine.

43

Depuis vingt jours, trente jours peut-être, Amarok marche vers le nord. Car c'est de nouveau lui qui est en tête. C'est lui qui mène. C'est lui qui trouve le meilleur passage dans l'univers de roches, d'épinettes guère plus hautes que lui, d'épineux et de neige limée. Il marche en tête depuis qu'ils ont quitté la piste pour s'engager dans ce semis de plantes rabougries et malingres où le vent fauche sans jamais rencontrer d'obstacle à sa mesure.

Quand Raoul lui a fait quitter la piste pour obliquer vers l'est, Amarok a tout de suite compris qu'il fallait éviter les villages indiens, les campements, tout ce qui fume et sent l'homme.

Tant qu'elles n'étaient pas entièrement gelées, les rivières l'ont souvent obligé à de longs détours, mais, depuis bien des jours, tout est pétrifié.

Il a neigé, puis le froid a repris.

Les attelages qui se suivent ont depuis longtemps longé les Rapides des Taureaux et la Chute aux Iroquois dont les eaux fumaient encore. Ils ont traversé la Nottaway et gagné les terres arides de l'Opinaca.

Raoul ne fait plus que donner l'ordre de départ et d'arrêt. Le soir, il fixe les lignes d'attache, détèle les chiens et va les mettre en place pour la nuit. Seul le king dog des policiers grogne encore lorsqu'il voit Amarok, mais Amarok ne tourne même plus la tête vers lui. Dès que le trappeur se couche contre une roche, à l'abri du vent, il va se coller contre lui. Ici, nul besoin de veiller sur les traîneaux, l'hiver est le meilleur gardien.

Ayant suffisamment obliqué vers l'est, Amarok a repris la direction du nord. Passé la rivière du Vieux-Comptoir, il s'engage dans un univers chaotique où les roches semblent crever la croûte blanche pour se mettre en route vers l'ouest comme autant d'animaux inconnus entamant une interminable migration.

Pour lutter contre le froid de plus en plus vif dans cette contrée où il n'est plus question d'allumer du feu, il arrive que l'ordre de départ soit donné en pleine nuit. Amarok ne s'étonne de rien. Il gronde, il distribue quelques coups de dents et fait filer son équipage. L'autre suit, mené par un king dog royal lui aussi.

Les vivres ne manquent pas. Raoul a refait les chargements de manière à ce que le corps de Timax soit mieux installé.

Amarok trouve toujours la meilleure voie dans ce monde où tout se ressemble, où l'horizon fuit, sans cesse remplacé par son semblable. Ce voyage ne finira jamais. Il n'atteindra jamais aucun but, aucune limite.

Raoul ne reprend vraiment la direction que le jour où il reconnaît la Grande Rivière de la Baleine. L'état de la glace indique très nettement que la mer aussi doit être gelée. Il cherche un endroit où passer la nuit et s'installe contre un énorme rocher près de la rive nord. Amarok se couche contre lui. Le nordet donne fort de la gueule et une très fine poussière de glace, une sorte de limaille des neiges file au ras du sol.

Le matin, ils se mettent en route. Cette fois, ils ne vont

plus vers le nord, mais vers l'ouest en suivant les méandres de la Grande Rivière de la Baleine. Ils sont exactement à la limite de la Terre-sans-Arbres. Ici s'achève le pays des Indiens et commence celui des Inuit.

Juste à l'endroit où la rivière se jette dans la mer, est établi le Poste à la Baleine. Raoul y connaît tout le monde, les hommes du pays comme ceux du comptoir. Mais il sait qu'il y a là quelques policiers de la Montée. Sans doute ont-ils été informés par radio de ce qui s'est passé. Raoul évite le poste par un grand détour vers le nord. Il coupe une piste de chasse qui rejoint le poste et que ses chiens sentent au passage.

Il continue jusqu'à la côte. Lorsqu'il y parvient, le soleil est déjà très bas. Un long chemin de sang et d'or parfaitement rectiligne s'ouvre sur la banquise sans borne. Un reflet qui attire.

Raoul le laisse sur sa droite et oblique vers le sud. Le reflet le suit jusqu'à l'heure où l'énorme soleil rouge plonge dans les stratus violines qui dorment sur la glace, là-bas, très loin, où on dirait que le vent n'ose pas s'aventurer.

Amarok ralentit. Il tourne souvent la tête comme s'il éprouvait une certaine inquiétude. Ce changement de direction ne correspond à rien. On revient vers l'estuaire de la rivière. On se rapproche d'un village d'hommes après avoir accompli tant et tant de détours pour les éviter tous.

— Hôôô!

Les équipages s'arrêtent. Ils sont le long de la côte. Le village est de l'autre côté de cette langue de terre et de roches.

Raoul va planter ses crampons et fixer les lignes d'attache pour les chiens. Il les détèle et va les conduire à leur place pour la nuit. Comme toujours, il commence par

La grande traque

l'équipage des policiers. Puis, laissant Amarok libre, il attache ses propres bêtes qui ne sont plus que cinq depuis la mort d'Arnatak. Amarok est surpris que Raoul parle aux chiens beaucoup plus que de coutume.

Ce travail terminé, Raoul se relève et regarde sur sa droite. Le soleil disparu n'a laissé sur la glace que des lueurs mauves et roses qu'effacent déjà de longues traînées d'un violet épais. Vers le nord-ouest des ombres plus lourdes se dessinent. Ce sont les premiers rochers des longues îles Manitounuk qui forment comme un bourrelet à plus de trois milles de la côte.

Le trappeur revient à son traîneau. Il tranche les courroies et fait tomber sur la banquise les sacs, la caisse et les colis ficelés. Il ne laisse que le corps recroquevillé de Timax. Ensuite, il va donner à manger aux chiens tout étonnés qu'on les nourrisse si tôt après l'arrivée et qu'on leur donne tant. Raoul leur parle :

— Vous êtes des bons. Vous avez bien marché. Vous verrez, dans ce village, c'est tous des amis. Ils viendront. Ils viendront.

Sa voix est enrouée. Elle se voile encore lorsqu'il donne à Amarok :

— Viens. Viens, mon beau. Viens, mon chien. Toi aussi, tu seras bien. C'est des amis. Y vont te reconnaître.

Amarok ne comprend pas. Raoul l'a conduit à la ligne où sont rivés ses compagnons de trait. Tandis qu'il mange, il sent la main qui lui passe son collier. Depuis leur départ de Saint-Georges, il n'a porté que le bât et le harnais de trait, jamais plus de collier. Il mange. Raoul lui prend la tête et la serre contre sa poitrine.

— Mon beau... Amarok. Amarok.

La voix se brise.

Raoul se relève et s'éloigne. Amarok n'a pas fini son

poisson gelé, mais il veut suivre. Impossible. Le collier est fixé à la chaîne qui tient à la ligne d'attache.

Amarok gémit et Raoul lance :

— Tais-toi, Amarok. Couché.

Amarok se couche. Il ne mange pas. Il tremble. Il fixe son maître et suit chaque geste dans ce reste de lumière.

Raoul vient de passer sur son épaule une courroie fixée à l'avant du traîneau. Comme un chien, il tire sur la banquise et s'éloigne en direction des îles à peine visibles sur le ciel encore brossé de lueurs.

Amarok gémit. Il se secoue. Il tire sur la chaîne. Se couchant sur la neige, il ravage des pattes pour tenter de se débarrasser de ce terrible collier qui l'étrangle. Il se relève. Il se secoue, il tire encore, et ses griffes mordent la glace acérée.

Il regarde vers le large. Son œil habitué à la nuit distingue encore nettement la silhouette qui n'est déjà plus qu'un point mouvant, minuscule face à l'immensité. Fou de rage et de douleur, Amarok se remet à tirer sur sa chaîne. Il tire à se déchirer les oreilles. Il tire à s'arracher le poil, il tire à s'étrangler pour sortir sa grosse tête de ce piège.

44

Raoul marche lentement. La banquise est parcourue de congères qui craquent, de levées de glace dont la voûte sonne sous le pas comme du métal. La fatigue le tire en arrière beaucoup plus que le poids de ce traîneau. Il n'a pas fait trois cents pas qu'il est déjà trempé de sueur. Il a un ricanement :

— Tant mieux, ça ira plus vite.

Durant un long moment, la banquise sonne à la manière d'une énorme futaie vide. Ce bruit semble emplir la nuit bien plus loin que l'invisible horizon. Tout va se briser, s'émietter et engloutir ce qui passe.

Les rochers grandissent. Raoul peine longtemps, très longtemps dans ce reste de jour que la glace semble avoir conservé prisonnier uniquement pour guider sa marche harassée.

Lorsque Raoul atteint les premiers récifs, la nuit est là. Il devine les rochers à la voix différente du vent qu'ils écorchent au passage et qui jure. Le trappeur se retourne. La côte n'est plus visible.

Il reprend sa marche jusqu'au couloir étroit qui sépare les deux premiers écueils. Le nordet resserré miaule plus aigu. Ici, on ne le verra pas de la côte.

Il s'arrête. Son souffle est saccadé. Il semble que chaque

goulée d'air qu'il aspire plante une aiguille jusqu'au fond de ses poumons. Il lâche la courroie qui lui a scié l'épaule. Il tâte le traîneau et le corps dur comme pierre à travers les plumes du vêtement. Il s'agenouille et enlève ses mitaines qu'il lance loin dans l'obscurité. Ses doigts sont engourdis, mais il parvient pourtant à ouvrir sa parka qu'il enlève et jette aussi. Instantanément, toute la sueur qui l'enveloppe se glace. Il est comme trempé dans un bain si froid qu'il le sent à peine. Il s'allonge contre le patin du traîneau. La banquise est dure.

— Timax.

Sa langue est rêche, à demi paralysée. Déjà de la glace se forme tout autour de sa bouche et sur son visage mouillé.

Il se sent bien. Sa fatigue l'enveloppe. Elle le berce. Elle est un baume infiniment doux. Elle étend sous lui un duvet moelleux.

Derrière lui, épuisé, Timax le costaud s'est déjà endormi.

Raoul sent le sommeil venir. Il l'appelle. Il ouvre encore les yeux et cherche en vain la lueur du feu. Il l'a pourtant rechargé. Il y a assez de bois, dans cette forêt. Ses yeux se ferment à nouveau. Sa tête bourdonne.

Raoul s'est endormi. Il est réveillé par une présence. Un souffle sur son visage.

— Amarok !

Il essaie de se lever. Il s'appuie sur son coude, mais son coude glisse et il retombe lourdement.

— Amarok !... Va...

Est-ce que sa voix sort de lui ? Le chien refuse d'obéir. Raoul essaie encore de lui parler, mais les forces lui manquent. Un immense bien-être l'habite tout entier.

Est-ce qu'il y a du brouillard ? Ce serait plutôt une plaque de glace à travers laquelle il regarderait cette lueur étrange qui semble fuir. Fuir toujours et toujours revenir. Est-ce qu'il neige ? Est-ce le jour ?

Raoul est loin de la banquise. Très loin, au bord du Saint-Laurent. Sa mère vient le chercher :

— Tu finiras gelé ou noyé, maudit ! C'est pas Dieu possible !

Un souffle a franchi ses lèvres et Amarok remue contre lui. Son museau s'approche du visage envahi par la barbe.

Un long moment coule, puis secoué d'une espèce de gros sanglot qui ne parvient pas à crever, Raoul essaie de décoller ses lèvres que le gel vient de sceller. Un nom est en lui qui ne parvient plus à sortir.

Et ça ne donne qu'un grondement à l'intérieur de la poitrine et une plainte curieuse qui sort par les narines. Amarok approche son oreille de ce bruit étrange.

Le nordet enrage. Il redouble de vigueur et soulève de la neige arrachée à la grande île allongée comme un corps pour la pousser contre ce traîneau et ces autres corps.

Un bruit énorme secoue Raoul. Est-ce qu'il rêve ? Est-ce qu'il peut encore regarder ou est-ce à l'intérieur de lui que se forment ces images ?

Des ours blancs sont là. Ils attaquent. Amarok bondit. Amarok est le diable. Un démon tellement vif. Tellement fort que les énormes pattes des fauves battent le vide. Déjà une femelle, la gorge arrachée, arrose la banquise de son sang avant de s'écrouler. Les appels d'Amarok ont attiré d'autres chiens, ceux de Simon Massard, ceux des policiers, deux du Poste de la Baleine, et puis d'autres encore venus de toute la vie de Raoul. Tous ses chiens morts depuis des années reviennent pour les défendre, Timax et lui. Pour exterminer cette famille d'ours blancs qu'ils vont saigner comme des perdrix et dévorer. La banquise est rouge de sang jusqu'à l'autre rive invisible. Rouge du sang des ours et du sang des tuniques rouges que les chiens vont dévorer aussi.

Raoul n'éprouve aucune douleur. Il a seulement un peu trop chaud à la poitrine avec une sensation d'étouffement. D'un geste saccadé, maladroit, avec des doigts déjà durs comme des crochets de fer, il essaie d'ouvrir son pull-over sur son torse qu'il voudrait exposer à la fraîcheur bienfaisante de la nuit. Il étouffe. Une toux rauque roule en lui sans parvenir à en sortir. Amarok se serre de plus en plus contre lui. Il lèche son visage barbu, son nez, ses paupières qui ne s'ouvrent plus.

Le vent du nord miaule comme un lynx en griffant au passage cet obstacle de bois, de tissu et de chair que le gel a déjà soudés à la banquise.

Raoul est inerte. Son souffle s'est bloqué. Déjà le sang gèle dans ses veines. Mais Amarok continue de vivre. Il ne peut pas être plus près de ce corps dur comme la glace. Il se lève. Il va jusqu'au détour du rocher et flaire le vent. Là-bas, il y a les autres. Il y a un traîneau chargé de vivres. Il y a le village avec des hommes et des chiens. Avec des chiennes aussi qu'il a connues. Des chiens dont certains sont ses enfants.

Il revient vers Raoul et se recouche contre lui. Il se tasse. Il se relève et gratte la neige accumulée contre le tissu pour pouvoir se coller plus près encore. Son museau s'enfonce entre la laine et le bras. Il respire à petits coups mais déjà le froid a tué l'odeur; l'odeur forte et chaude de la vie.

La nuit passe. A l'aube, Amarok se lève. Il fait moins froid et la neige commence à tomber. Elle court et se colle à chaque obstacle. Amarok trotte un moment en direction de la côte, il ralentit, puis s'arrête et fait demi-tour. Au passage, il pisse contre le rocher puis revient vers Raoul qu'il bourre un peu de son gros nez. Mais Raoul ne bouge pas. Alors, Amarok soupire longuement. Dans le creux où est encore la forme de son corps, il se couche et ferme les yeux.

PRINTEMPS

45

Cet hiver, il est tombé beaucoup de neige sur le Grand Nord. Bien plus que d'habitude. La première tempête importante est venue au milieu de décembre. Partie du Groenland, elle avait pris de la force tout au long de sa course sur les glaces de la mer de Baffin. Freinée un moment par les monts voûtés et pelés de Povungnituk, elle avait enragé autour des igloos et des tentes encore debout, puis, sa colère décuplée, elle avait repris élan sur les basses terres et les lacs immobiles de la péninsule d'Ungava.

C'est toujours en ces contrées d'enfer que se développe la pire furie des vents et, cet hiver davantage encore qu'elle ne l'avait fait de mémoire d'Eskimo, la tempête a hurlé, ravagé, mordu et griffé le sol dénudé.

Tout ce qui n'avait pas émigré vers les lieux de soleil, tout ce qui reste à demeure en cette extrême pointe du Royaume du Nord s'est terré au plus profond, si bien que la colère du ciel est restée maîtresse de la terre.

Ce vent pareil à une lame à parer les peaux s'est aiguisé encore sur les rochers de granit qui ceinturent la côte. A chaque bourrasque, il se chargeait d'un peu plus de neige qu'il poussait vers le miroir d'acier de la banquise. Là, cette poussière formait un voile sans cesse en mouvement, sempiternellement dévidé que les heures coloraient jusqu'à le faire étinceler, flamboyer, crépiter. Et cet inépuisable déferlement s'en allait vers l'autre rive de la baie d'Hudson, vers ces côtes toujours invisibles et qui, pourtant, dès qu'arrive le soir, absorbent la lumière et la tiédeur du jour.

Au large du Poste de la Baleine, tout à fait à la pointe sud des longues îles Manitounuk, un remous se forme dès que s'établit le vent du nord. Gros animal ronflant nourri de rafales, il se tient là en permanence. Il thésaurise la neige. Il l'entasse à la queue des îles comme pour les prolonger, pour les porter un peu vers ce Sud des lumières et des chaleurs qu'elles n'atteindront jamais.

Lorsque le grand remous des Manitounuk a commencé son ensevelissement, le corps du vieux coureur de bois Raoul Herman était depuis des jours aussi roide que celui de Maxime Landry fixé sur le traîneau. Mais Amarok, le maître chien, respirait encore.

Amarok a senti venir la neige avec satisfaction. Comme elle l'avait fait tant et tant de fois, la poudre fine du ciel allait le recouvrir pour le protéger du nordet dont la dent est plus acérée que celle du loup.

Sous ce duvet de l'hiver, Amarok allait se réchauffer et réchauffer le trappeur endormi. Collé contre ce corps plus dur que le roc, le chien a cru un instant qu'il l'entendait souffler :

— Amarok... Amarok...

Il a répondu d'un gémissement à ce qui n'était qu'un miaulement du vent.

Des heures ont coulé. Le souffle du chien est devenu tellement ténu qu'il ne parvenait plus à empêcher la neige de s'entasser sur sa truffe durcie et crevassée.

— Hé ! Hé ! Hé !

Amarok a essayé de se dresser, mais la fourrure de son ventre est restée soudée à la glace. Déjà ses pattes

Printemps

insensibles faisaient corps avec la banquise. Ses muscles de pierre ne répondaient plus. Il ne restait en lui qu'un tout petit peu de vie réfugiée près de son cœur. Son cerveau, déjà, s'engourdissait.

Tirant toujours du fin fond du Nord de nouvelles forces, le vent a poursuivi son œuvre durant neuf jours et neuf nuits.

Lorsqu'il s'est arrêté, les trois compagnons dormaient sous une montagne de neige de plus de douze pieds de haut.

Au retour du soleil, les chasseurs qui avaient trouvé, dès le premier matin, les chiens et le traîneau de la police, sont sortis. Leurs attelages lancés au grand galop dans la lumière neuve ont longé les îles. Ils sont passés à moins de cent pas de l'endroit où dormaient les deux hommes et leur chien. Ils n'ont rien deviné ni en partant, ni en rentrant au Poste de la Baleine. L'hiver avait tout effacé : la vie et les traces de la vie.

Des semaines et des mois ont passé avec des nuits d'acier, des crépuscules empourprés et de longs reflets frôlant la colline de neige tassée. Sont venus encore d'autres tempêtes, d'autres vents qui ont sculpté les congères et modifié le relief, mais rien n'a bougé de la masse formée à la queue des îles Manitounuk.

Raoul, Timax et Amarok ont continué de reposer en paix sous cette colline qui leur assurait la solitude.

Dans les périodes de calme, un avion a survolé le pays à plusieurs reprises. Il s'est même posé sur la banquise. Des hommes à tunique brune sous les parkas bleu foncé en sont descendus qui ont parlé aux policiers du poste, aux Indiens et aux Inuit. Nul n'avait accordé asile ni même vu passer Raoul Herman, le fou du Nord. Nul n'a soufflé mot des chiens trouvés juste avant la grosse tempête de décembre. Nul ne se souvient d'avoir pris sa part des vivres et des fourrures trouvées sur un traîneau. Tout le monde a oublié que de gros fusils Roos 303, des pistolets et des cartouches sont enfouis sous la neige pour être jetés à la mer dès qu'on pourra mettre un canot à l'eau. Dans le Grand Nord, l'hiver efface tout. L'hiver fait le silence. Il maçonne des murs partout où l'on veut être en paix.

De colère en colère, l'hiver a coulé lentement jusqu'aux premiers jours de mai. Là seulement, d'un coup au milieu d'une nuit, est arrivée la pluie. Elle a duré quelques heures après l'aube, puis un soleil déjà chaud s'est hissé au-dessus des vapeurs. Alors, réveillée soudain, la terre s'est mise à vivre. C'était le temps où tout sortait des profondeurs du sol, où les grands troupeaux sauvages regagnaient vers le nord-ouest leurs quartiers d'été. Les oiseaux aussi commençaient à revenir qui allaient bientôt nicher sur les côtes et dans la toundra.

Un gros coup de chaleur s'est mis à remuer la terre sous les neiges et les glaces qui s'accrochaient encore.

Les marées se sont mises à hurler, à faire craquer la croûte épaisse De larges crevasses vert et bleu se sont ouvertes dans la banquise.

Aujourd'hui, c'est vraiment le printemps du Nord. La neige croule de partout, les eaux des lacs et des rivières grondent sous des carapaces qui partent en débâcle et montrent leurs tranches de jade, leur envers tout noir de vase. Les berges s'écroulent en pans très lourds qui soulèvent de hautes vagues en éparpillant de l'écume plus blanche que la neige déjà sale.

C'est une grande période de bruit et de lumière. Déjà des rats se montrent à l'orée des terriers. Les corbeaux cherchent les charognes que l'hiver avait ensevelies.

Sur la côte ouest des îles Manitounuk celle qui regarde

Printemps

le large, la banquise soulevée par la marée s'est détachée des roches. Un bloc pareil à un continent en marche s'éloigne lentement du rivage. Il porte une colline de neige qui s'est cassée en deux à l'endroit où s'est provoquée la crevasse.

Le soleil est très haut. Il est blanc et il chauffe. L'eau ruisselle de partout, sur les rochers comme les amas de glace qui tournent, se couchent, se redressent ou basculent au gré des courants. La mer est d'un vert intense avec des veines violettes, presque noires dans les profondeurs.

Le large bloc où se dresse la colline rompue vient de virer de bord. La partie cassée regarde à présent le sud-ouest. Elle est face à la lumière. Face au brasier du ciel. Face à un monde incandescent qui la fait miroiter. La neige fond. Des paquets lourds de transpiration se détachent et croulent dans l'eau. Des oiseaux de mer tournoient un peu partout, plongent entre les glaces ou s'y posent un moment.

Soudain, un pan de neige plus large s'ouvre. Il glisse lentement, il marque une hésitation comme s'il allait rester en équilibre sur le bord de la glace dont la tranche est d'un beau bleu nacré.

Lorsque l'écume soulevée retombe, la vague déferle et lèche la base des amas de neige. Quelque chose apparaît qui semble une croix de bois. C'est le montant d'un traîneau. Une autre partie de la colline se détache et glisse. Il y a un craquement pareil à un coup de tonnerre. La plaque de glace s'est ouverte par le milieu et le poids de neige mouillée qu'elle porte fait chavirer la moitié qui se trouve vers le sud-ouest. Elle se lève. Elle demeure sur la tranche le temps que glisse toute cette neige, elle remonte comme si elle allait tout entière sortir de l'eau, puis, emportée par son élan, elle achève sa rotation et vient gifler le flot qui gicle. De lourdes vagues partent à l'assaut des autres glaces.

Il faut un long moment pour que revienne un peu de calme.

Ce calme que, durant des semaines encore, troubleront des milliers et des milliers de banquises dans la gigantesque débâcle de cette mer en mouvement.

Déjà le soleil décline. Il colore de jaune et de violet l'immensité qui n'en finit plus de remuer après son long hiver habité seulement par la neige et le vent.

Saint-Télesphore, été 1978
Morges, août 1985
Doon House, 17 janvier 1986

TABLE

I
L'île des Morts
Page 11

II
Le clocher du village
Page 61

III
Les Massard
Page 137

IV
La grande traque
Page 205

Printemps
Page 259

OUVRAGES
DE
BERNARD CLAVEL

Romans

Édit. Robert Laffont : L'Ouvrier de la nuit. — Pirates du Rhône. — Qui m'emporte. — L'Espagnol. — Malataverne. — Le Voyage du père. — L'Hercule sur la place. — Le Tambour du bief. — Le Seigneur du fleuve. — Le Silence des armes. — La Grande Patience (1. La Maison des autres ; 2. Celui qui voulait voir la mer ; 3. Le Cœur des vivants ; 4. Les Fruits de l'hiver). — Les Colonnes du ciel (1. La Saison des loups ; 2. La Lumière du lac ; 3. La Femme de guerre ; 4. Marie Bon Pain ; 5. Compagnons du Nouveau-Monde).
Édit. J'ai Lu : Tiennot.
Édit. Albin Michel : Le Royaume du Nord (1. Harricana ; 2. L'Or de la terre ; 3. Miséréré ; 4. Amarok).

Nouvelles

Édit. Robert Laffont : L'Espion aux yeux verts.
Édit. André Balland : L'Iroquoise. — La Bourrelle. — L'Homme du Labrador.

Essais

Édit. du Sud-Est : Paul Gauguin.
Édit. Norman C.L.D. : Célébration du bois.

Amarok

Édit. Bordas : Léonard de Vinci.
Édit. Robert Laffont : Le Massacre des innocents. — Lettre à un képi blanc.
Édit. Stock : Écrit sur la neige.
Édit. du Chêne : Fleur de sel (photos Paul Morin).
Édit. universitaires Delarge : Terres de mémoire (avec un portrait par G. Renoy, photos, J.-M. Curien).
Édit. Berger-Levrault : Arbres (photos J.-M. Curien).
Édit. Actes Sud : Je te cherche, vieux Rhône.
Édit. J'ai Lu : Bernard Clavel, qui êtes-vous ? (en col. avec Adeline Rivard).

Divers

Édit. Robert Laffont ; Victoire au Mans.
Édit. H.-R. Dufour : Bonlieu (dessins J. F. Reymond).
Édit. Duculot : L'Ami Pierre (photos J.-Ph. Jourdrin).

Pour enfants

Édit. la Farandole : L'Arbre qui chante.
Édit. Casterman : La Maison du canard bleu. — Le Chien des Laurentides.
Édit. Hachette : Légendes des lacs et rivières. — Légendes de la mer. — Légendes des montagnes et forêts.
Édit. Robert Laffont : Le Voyage de la boule de neige.
Édit. Delarge : Félicien le fantôme.
Édit. École des Loisirs : Poèmes et comptines.
Édit. Clancier-Guénaud : Le Hibou qui avait avalé la lune.
Édit. Rouge et Or : Odile et le vent du large.
Édit. de l'École : Rouge Pomme.
Édit. Flammarion : Le Mouton noir et le loup blanc. — L'oie qui avait perdu le Nord.
Édit. Albin Michel : Le Roi des poissons.

*La composition de ce livre
a été effectuée par Bussière à Saint-Amand,
l'impression et le brochage ont été effectués
sur presse CAMERON
dans les ateliers de la S.E.P.C. à Saint-Amand-Montrond (Cher)
pour les Éditions Albin Michel*

AM

*Achevé d'imprimer en décembre 1986.
N° d'édition 9456. N° d'impression 2212-1474.
Dépôt légal : décembre 1986.*

Imprimé en France